U0010146

Storytelling power book

戴晨志 博士◎著

說故事高手

晨星出版

目錄

【第二篇　勇氣與堅持】

【第三篇　夢想與追求】

【第四篇　溫馨與感動】

【第五篇　立志與成功】

【自序】

「歡笑與淚水」的故事人生

——「大破、大立」，打造獨特、亮麗的生命！

戴晨志

我女兒今年唸小學三年級，她和我一樣，眼睛單眼皮，人家說她是「鳳眼」，可是她很羨慕哥哥有又大又亮的「雙眼皮」，好帥喔！

去年暑假，我們全家到美國加州玩，在遊迪斯尼樂園時，人潮很多，許多遊樂設施人潮擠得水洩不通。在人擠人時，只聽見我女兒大聲地對美國人說：「借過、借過、借過！」

哈，「借過？」我對女兒說：「妳對美國人說借過，他們怎麼聽得懂？」

女兒回答說：「不然怎麼辦？我又不知道『借過』的英文要怎麼講？」

當然，小朋友的英文不夠好，沒太大關係，不過，以後長大了，如果中文也不好，那我這個做父親的，就罪過了。

聽說，有個父親帶了一張「感謝狀」回家，上面寫著：「承蒙先生熱心公益、贊助社區……」後來，唸國中一年級的兒子走了過來，看了一眼，對著父親問道：「爸，『承蒙』是誰啊？」

也有位國文老師說，他的學生在作文中寫了一段：「我一定要奶奶用功讀書、奮發向上，才對得起爺爺在天之靈。」咦，這句話唸起來滿流暢、通順的，文法上也沒有什麼不對，可是，就是有點那麼奇怪！因為，爺爺過世了，奶奶年紀也一定很大了，為什麼還「一定要奶奶用功讀書，奮發向上……」？

這國文老師真的想不通，於是，就把學生找來問一問；這學生摸著腦勺，不好意思地說：「噢，老師，對不起，是我寫錯了！我是說，『我一定要好好用功讀書』，而不是『我一定要奶奶用功讀書』……」

天哪，「好好」變成「奶奶」，這……真的太有意思了！

也有些國中生在網路上，用自己的語言在聊天室裡聊天：「噢，好無聊，明天又要開什麼班親會了！」「對呀，每次開班親會，就像開歐氏宗親會一樣，無聊透了！」

咦？為什麼開班親會就像開「歐氏宗親會」一樣？難道這個班級的學生都姓「歐」？有一位導師看了這些話，真是一頭霧水，搞不清楚「班親會」和「歐氏宗親會」有何相關？直到高人指點之後，才搞清楚，原來——「開班會很無聊、無趣，總是來了一些『歐吉桑』和『歐巴桑』。」

聰明的孩子，可愛又機伶，總是有許多創意、巧思，讓我這個即將步入中年的「準歐吉桑」，哭笑不得！不過，也因為有這些有趣的故事泉源，才讓我們原本枯燥、煩悶的生活，變得多采多姿、風趣快樂！

在某種巧合的因緣際會下，我和晨星出版社有了這一次的合作，一起出版這本《說故事高手》。我的名字「晨志」，與「晨星」，似乎也有冥冥中的巧合。

平常，我都是在早晨寫稿，所以在早晨，我比較有志氣，晚上不太寫稿，比較沒志氣；不過，我喜歡早起，有時起床時，天濛濛亮，開著車出門運動，還可以看見天上有一兩顆發亮的「晨星」——好開心、好舒服、好幸福的感覺——又可以開始迎接一天的時光和工作了。

在出版社安排為我拍照時，我不擅於擺姿勢，動作有些僵硬、呆板，於是，就有人提議：「大家講講笑話吧！」

馬上，攝影師的女助理馬上說：「大家猜，水餃是男的，還是女的？」一時之間，大家也不知道該怎麼回答？誰知道水餃會是男的、是女的？

這時，女助理說：「水餃，是女的！為什麼，因為它穿著一褶一褶的裙子！」

嗯，聽起來滿有道理的！可是，女助理又說道：「不過……也有人說水餃是男的，為什麼？因為……它有包皮！」

哈，全場人都笑了，我也笑了！照片也拍好了。不知道讀者看到我的照片，感覺如何？

其實，人生有笑、有淚；有痛苦，也有歡喜！

前不久，「劉俠之友會」邀請我在台北靈糧堂舉辦一場——「逆境中的勇氣」演講會。當天，有人從桃園、苗栗，甚至台中、台南趕來聽我演講，令我十分感動。當天彈鋼琴的司琴，是一位視障的盲胞朋友；而台下，竟也有一位老師，不停地比著手語，向身邊四、五位音障、聽不見的朋友，用手語來翻譯我演講的內容。

戴晨志 攝

我的演講，微不足道，但，我喜歡「說故事」，用故事、用畫面來跟大家一起分享。我告訴大家，我不是攝影師，但我曾花了很多時間去拍「人面蜘蛛」。要找人面蜘蛛不容易，而要把「人面蜘蛛」拍得美，更不容易！只因為，**蜘蛛不管風吹雨打，或蜘蛛網如何被摧毀，牠都要振作精神，無怨無悔地重新吐絲，耐心地再搭起牠美麗、捕蟲的網。**

我也告訴大家，為了一個加油站「五星級廁所」的照片，我四處不斷地打聽、問路，才在南投埔里郊外找到一個令我驚訝、驚豔，而且「超屌、超漂亮」的加油站廁所。

你、我的人生，就是要「大破」，才能「大

戴晨志 攝

立」！

把「舊我」打破，才能創造、建立起全新漂亮的「新我」——破舊立新！

別人的加油站廁所普普通通，或又髒、又舊、又臭；但，有些人的加油站廁所，卻是如此的漂亮、嶄新、亮麗，而且讓人流連忘返、不忍離去！

您知道嗎，「玫瑰愈壓，刺愈多！」

人生，總是有悲痛、有淚水、有委屈、有恥笑、有嘲諷……就像在一場球賽中，有贏、有輸、有跌倒、有掛彩，也有令人憤憤不平的「誤判」！

可是，一位美國職棒大聯盟的球評說：「誤判，也是比賽的一部分。」

真的，裁判不是神，也有誤判的時候；所以，誤判，也是比賽的一部分。

人生也是一樣，「淚水、委屈、恥笑、嘲諷、被鄙視、被瞧不起……都是人生的一部分。」但是，在淚水、委屈過後，我們都要勇敢創造屬於自己快樂、歡笑、幸福的人生啊！

第一篇

真愛與力量

我爸爸在船上當「船長」

故事要精采，要「感性」和「理性」兼顧

有一天，爸爸突然無預警地，
從日本搭飛機回來了。
爸爸放下行李，
疲倦不堪地癱坐在椅子上：
他在船上經常鼻孔流血，
甚至，連耳朵也流出血來……

從小，我就很少看到我父親，因為他在船上工作。每次我問媽媽：「爸爸在船上做什麼？」媽媽總會告訴我：「你爸在船上當船長啦！」

爸爸的船，經常在世界各國航行，有時他一年才回台灣一次，所以我們一年才見一次面。可是每次爸爸一回來，就帶了很多禮物回來，有國外的牙膏、口香糖、收音機、漂亮卡片、積木、小玩具、衣服……等等，我和弟弟都好高興；甚至一些親戚一聽到爸爸回來了，也都會爭相跑來我家，看能不能拿到一些禮物？

我爸爸是浙江人，十八歲時搭舅舅在招商局的船到台灣玩；沒想到，那時民國三十八年，國共打仗，國民黨軍隊從大陸撤守，人人逃難，他回不去浙江老家了，只好留在台灣生活；後來，和媽媽結婚，生下我和弟弟。為了養家糊口，爸爸只好上船，經年累月在海上工作。巧的是，我爸爸的名字就叫「四海」，似乎冥冥之中，老天就要他一生「翱遊四海」，以大海為家。

雖然爸爸很少回家，但我總是以爸爸為榮，因為媽媽說，爸爸在船上當「船長」，去過很多國家，不像別人連出國的機會都沒有。而每當爸爸一回國，回到台北家，他都很累、很疲倦，我都會幫爸爸搥背、按摩；我好珍惜爸爸每次下船、住家裡的時間！

有一次，爸爸寫信回家，說他換了一家船公司，是賴比瑞亞籍的船，掛香港的旗子，會航經高雄港補給食物、飲水，但不能靠岸，只能停留在外海。爸爸信上還說，叫我們到高雄去拿一些禮物，尤其是他特別買的「黑白電視機」。

您知道嗎，那時候台灣只有「台視」一家電視台，沒有幾個家庭有電視機，所以一想到爸爸幫我們買了一台電視機，心裡就好高興。後來，媽媽帶著我和弟弟，從台北搭火車到高雄，再到港口，搭乘接駁小船到外海，去找爸爸。

那時，我唸小學二年級，好高興、好興奮，終於可以看到爸爸了！一上了大船甲板，遠遠的，我看見一個中年人，坐在船尾挑蔥……他，胖胖的身材，很像我爸，可是，爸爸不是在當「船長」嗎？

這時，媽媽說：「你爸爸在那邊，你趕快過去！」

我愣了一下，的確，他就是爸爸。爸爸上身赤裸，光著身子，只穿短褲，脖子上還掛著一條發黃的舊毛巾、上半身一直流著汗，一個人坐在船尾挑蔥、撿菜葉……我紅著眼，慢慢走過去，輕輕叫了一聲：「爸！」

「你們來了啊！」爸爸看到我們，驚喜地說道：「很熱噢！我們的船只能停在這裡……來，我買了一台電視機，你們快來看！」

爸爸拿下脖子上的毛巾，一直擦著汗，也帶我們進入悶熱的船艙內，去看那台二手的黑白電視機——這也是我這輩子，第一次看到電視機。可是，我的眼淚一直流，心理不解的是——「爸爸不是在當船長嗎？怎麼會是撿蔥、挑菜葉的廚師？……他每天就是在那又熱、又窄的船艙廚房裡，煮菜、煮飯給人家吃？」

回到台北，上學時，每當音樂課老師教我們唱「我的家庭」這首歌時，我總是一邊唱，一邊哭。歌詞裡說：「我的家庭真可愛，美滿溫暖又安康，兄弟姐妹真和氣，父母又慈祥……」可是，我的腦海中一直浮現的是，爸爸光著身子坐在甲板船尾挑蔥、撿菜葉的畫面。在前面彈風琴的老師，看著我一邊哭、一邊唱，但是，她從沒問過我，為什麼哭？

幾年後，爸爸有一天突然無預警地，從日本搭飛機回來了。

「爸，你怎麼突然回來了？你沒搭船，是搭飛機噢？」我問爸爸。爸爸點點頭，放下行李，疲倦不堪地癱坐在椅子上。

原來，爸爸身體不適，在船上經常鼻孔流血，甚至，連耳朵也流出血來。爸爸被送到日本醫院檢查，醫生說，是「癌症」——鼻咽癌，一期。公司知道後，立刻叫爸爸不要再工作了，也出機票錢，讓他搭飛機回台北。

從此以後，爸爸就未再上過船，而變成台大醫院的病患。我帶他到醫院檢查、做化療、照鈷六十。慢慢地，爸爸的頭髮掉光了，臉部皮膚也因照鈷六十，而逐漸焦黑。鼻咽癌，是很痛苦的，爸爸的喉嚨都是灼熱的，他嚥不下食物，我必須把飯、菜、肉……用打汁機攪碎，變成流質的湯，讓他喝。

可是，爸爸的病情愈來愈惡化，他連吞水，都說很痛、嚥不下去；我只好用棉花沾水，幫爸爸在乾裂的嘴唇上擦拭、滋潤，讓他稍微舒服一點。

爸爸本來是八十公斤，後來瘦到只剩下五十多公斤。他，不能喝水、不能說話，甚至，連嘴巴呼出來的氣，都有臭異味……

他在臨終前，嘴巴已經說不出話了，只拉住我的左手，示意我……張開手掌；他在我的左手掌心上，用顫抖的食指，吃力、歪斜地寫著一個字——「孝」。

我點點頭，哭紅著眼，看著爸爸，離……開……人……世……

心靈小啟示

一個年輕人，搭了招商局的船，到台灣玩，卻因國共打仗，讓他一輩子回不了家，也因此留在台灣，度過一生。他，就是我爸，也是我日夜懷念的父親。

雖然，我和爸爸在一起相處的時間不長，但，他日夜拖著疲累的身體，在波濤洶湧的海上工作，賺錢來扶養我全家，最後，竟罹患癌症，離開了我們。

現在，我已為人母，深知賺錢很不容易；要扶養孩子快樂、聰明地長大，更不容易！想想：父母賺一千元簡單嗎？不簡單、很辛苦！可是看到現在年輕孩子，買名貴、超炫的手機，每個月手機費好幾千元；買名牌的衣服、鞋子；動不動就去KTV、夜店或是酒吧；也有大學生畢業旅行，要環島、要出國，不能落伍、要比酷、比前衛……在國外，還要花大錢買Prada、LV、GUCCI……等流行名牌皮包。

父母好不容易省吃儉用，積了一些錢，可是，有些孩子一下子，就全花光了！然而，**我們要多學習——多體諒父母、多感謝父母，也少頂撞父母、少忤逆父母；因為，子女再怎麼孝順，都無法回報父母養育、教育之恩於萬一啊！**

練習說故事

這篇故事，是我的朋友「倪美英老師」的真實故事。

當她在對我講述她父親的故事時，曾多次泣不成聲，哭到滿臉都是淚水。她說，這是她從小到大、多年前沉封心底的故事，她不曾對別人講過，卻一層層地被我「挖了出來」。

其實，人的生命最底層、不為人知的傷痛故事，最真實、最動人、也最撼動人心。那是最真實、無偽的，也是最毫無虛假、誇張的。

您看到了嗎——一個小女生，和媽媽、弟弟一起從台北搭火車到高雄，坐上接駁小船，滿心興奮地上大船，想要見到多時不見的「船長父親」，並拿回父親買的「二手黑白電視」；可是，一上了大船甲板，看到的，卻是光著上身、打著赤膊的父親，坐在船尾撿蔥、挑菜葉……原來，多年在海上拚命工作賺錢的父親「不是船長」，而只是一個在船上升火、煮菜、每天汗流浹背的廚師！

回到學校，當老師彈風琴，唱到「我的家庭」時，她，唱不下去了，滿臉淚水，可是，老師怎麼不問我「為什麼」？

爸爸得了鼻咽癌，頭髮掉光了；他躺在病床上，吃不下東西、也吞不下水、不能說話了……可是，爸，您放心，我知道，您要我「好好孝順媽媽」，我會做到的，您安心地走吧……

有人說：「通往真理最近的一條路，就是故事。」

這篇充滿父女親情的感性故事中，聽得叫人鼻酸、眼眶潤紅。一則故事要說得好，就要「感性」和「理性」兼顧。因為——「聽我們說話的人，不一定聽我們的話。」但，只要故事說得好，聽眾就會被我們打動心扉，也會接受我們故事背後所要傳達的「理性概念」——父母賺錢很不容易，子女不要揮霍、浪費，也不能違逆父母，而要懂得感恩圖報父母的養育恩情……

所以，「真實的故事」比「虛構的故事」，更吸引人！

一般而言，說故事成功的要素有三個：

1、你，也就是「說故事的人」——要生動地掌握語言、表情、動作。

2、故事內容——要精彩、有趣、吸引人。

3、聽眾——好的氣氛、互動和回饋。

一個說故事的高手，必須掌握自己的說故事技巧，把一則很感人的故事內容，傳達給現場的聽眾。而在這過程之中，說故事的人，必須用最大的真誠、最好的口語表達技巧，來塑造氣氛，讓聽眾融入故事之中，進而被感動、被啟發！

說故事，不是靠「兩唇之間」、不是靠「耍嘴皮」，而是要靠「兩耳之間」——靠兩耳之間的「腦袋」——也就是，說故事時，要精彩、有內涵、有啟發、有感性、有理性……讓人「真情感動、真心接受」！

在法庭上痛哭失聲的爺爺

把故事「說出來」，還要讓故事「活出來」

聽了法官的問話，
爺爺竟然大聲地哭了起來，
整個法庭裡，
就只有聽到我爺爺的哭聲，
可是，我始終不敢回頭看爺爺一眼，
我完全沒有勇氣正眼看他……

你曾經在電視上看到藝人「黑人」嗎？就像他的藝名一樣，「黑人」的皮膚黝黑，可是兩排牙齒都很潔白，笑起來也十分燦爛，很適合拍牙膏的廣告。

黑人，本名叫陳建州。他的身材很高大，我站在他旁邊，身高只到他的肩膀。過去，他是一名籃球健將；現在，則是一名知名藝人，也熱愛公益，對推廣籃球更是不遺餘力。

我和黑人認識，是在一場由公視主辦的「校園感恩座談會」；他笑臉常開，充滿自信和活力，隨時把歡樂帶給大家，所以深獲年輕學子的喜愛。

那天，黑人在台上講了他年少時，不為人知的故事……

一九九四年四月二十六日晚上，他正在睡覺，妹妹走過來搖醒他說：「哥，起來，爸爸出事了！」

「出什麼事？」黑人揉著惺忪的睡眼說：「怎麼啦？」

「你趕快來看電視、看ＮＨＫ。」妹妹緊張地說。

一看到電視畫面，是飛機空難的新聞——「一架華航的飛機，在日本名古屋發生墜毀的意外，死傷人數不明……」看著電視螢幕的畫面，黑人的心，不停地怦怦跳；只見飛機墜落地面的殘骸四處散落，還不時看見殘餘火花、濃煙，以及焦黑的乘客遺體……

天哪，怎麼辦？爸爸是在這架飛機上嗎？爸爸是華航飛機的座艙長啊！爸爸會不會？……

NHK的衛星畫面左上角，不時打出死亡人數的統計，從個位數，到十位數，一直竄升到百位數。黑人的心，一直往下掉！家中的電話，不停地響起，都是來關心、慰問的電話。這時，電視螢幕的跑馬燈不停地播著：「華航飛機在名古屋墜毀失事……」

睡意，全沒了；黑人此時懸念、擔心、在意的，是爸爸的生命安危。

然而，後來電視上說，飛機上兩百六十四人全部罹難，包括八十三名台灣旅客，以及一百八十一名日籍旅客；而畫面上，赫然出現爸爸的照片，旁邊也寫著爸爸的名字。

黑人說：「一開始，我並沒有哭，直到凌晨三、四點，我才痛哭了起來。」

這時，黑人真的變成孤兒了，因為，他小學四年級時，媽媽和爸爸就離異了，他們三兄妹一直和爺爺、奶奶住在一起；而爸爸在華航服務十八年，沒有請過一天假，過的是「在天上的日子比在地上多」的日子。

我看著黑人的眼眶泛紅，聲音哽咽了。想到媽媽不在，又失去爸爸的椎心之痛，任憑誰，都會難以忍受。

黑人忍住眼角淚水，繼續說：「我爸爸是穿著英挺的『白襯衫』出去，沒想到，卻變成『紅襯衫』被找到。我哥哥去認屍時，體育館內全都是燒焦的屍臭味，讓人好想吐……副機長的頭磨地，被削了一大半；也有媽媽為了保護孩子，雙手緊抱著孩子，焦黑的屍體纏抱在一起，分都分不開……我爸爸的後腦，也破了一個大洞；屍體被解剖之後，又被簡單地亂縫起來，就像一個鐘樓怪人一樣……」

爸爸突然的離開，對黑人來說，是一大打擊。他，沒人管，血液中的叛逆因子，也因缺乏爸媽的愛，而逐漸蔓延、發酵。他為了尋求同儕的慰藉，交了一些朋友，可是這群朋友血氣方剛，喜歡翹課、喜歡打電動、喜歡瘋狂翹家夜遊……

一天晚上，黑人和這些朋友騎機車無照駕駛、夜遊；在硬闖黃燈時，與另外一輛機車「碰！」硬撞在一起——「他媽的，你騎車不長眼睛啊？你喝醉了？」兩輛車倒在地上，黑人的這群朋友立刻圍了上來，髒話、三字經也脫口而出。

這時，黑人更是第一個「開砲」，一腳就用力往對方踹了過去，大夥兒竟把對方海扁、痛揍一頓，滿頭是血，然後，一哄而散！

可是，隔天，黑人和朋友共五人，被抓進警察局了，因為他們被對方記下車號，報警抓人。而且，你知道嗎，被痛毆的這名老兄，竟然是「立法院駐衛警」。這下完了，他們被關了起來。

後來，在少年法庭法官宣判時，黑人和朋友五個人，全被銬在一起，帶到法庭。這群未滿十八歲的孩子，後面站的都是監護人——「父親」；唯獨黑人的監護人是「爺爺」，因為，他沒有爸爸、沒有媽媽。

法官一個一個問：「X先生，我馬上就要宣判了，你對你的孩子的行為，有沒有什麼要補充的？」

三個爸爸，都搖搖頭。只有一個賣牛肉麵的爸爸說：「我沒什麼意見，任憑法官處置，你能判多重，就判多重，沒關係……」這時，大家都驚訝地回頭往後看。天哪，這爸爸，似乎是對兒子太失望、死心了。

最後，法官看著黑人，也看著爺爺，問道：「陳爺爺，我馬上就要宣判了，你看還有沒有什麼要補充的？」

此時，爺爺竟然大聲地哭了起來。爺爺一邊哭、一邊心碎地說：「**法官大人，我這個孫子……從小就沒有媽媽，爸爸也在去年，因為華航名古屋空難……走了……法官大人，都是我不好……是我……沒有善盡教養的責任，沒把他教好……我希望……你能原諒我孫子，給他一個改過自新的機會……不要把他關起來……法官大人，如果，你要我跪下的話……我現在就可以跪……**」爺爺一直嚎啕大哭，也一直擦著眼淚、鼻涕。

「一個老人家，一直放聲大哭，整個法庭，就只有聽到我爺爺的哭聲，可是，我始終不敢回頭看我爺爺一眼，我完全沒有勇氣正眼看他……」黑人在我旁邊，拿著麥克風，對著台下的學生，真心地繼續說道：「當時，爺爺的這一番話，深深刺進我的心，那時我低著頭，站在前面，我的眼淚也掉下來！」

或許是爺爺的眼淚和告白，感動了法官，最後，法官輕判陳建州在家「保護管束」，警察每天會到家裡來巡察；而他的其中兩名朋友，被關入台北觀護所，拘役十七天……

從那一刻起，黑人決定要洗心革面、改過自新，他天天苦練籃球。

黑人說：「我爺爺、奶奶對我很好，每天我練完球回家，都很晚了，奶奶都會煮菜給我吃、補充營養；可是，我實在沒有臉見他們，我都是躲在院子外、趴在牆上偷看，看爺爺、奶奶都累了，都回房間睡覺之後，我才敢偷偷回家……我告訴自

己，我一定要變好，不能變壞；我要用籃球，來證明我改過向善的決心。」

那一年，黑人因爺爺的眼淚，而改變了自己；他也在不斷苦練之後，被選為「亞青盃國手」，代表臺灣出國參加比賽。他，走正路、走大路，不再走夜路。他在台啤籃球隊，當一名不支薪的副領隊和行銷總監，也激勵球員用「認真的態度」打球。

您知道嗎，台啤隊曾經瀕臨解散，卻在二〇〇七年，將士用命，勇奪超級盃籃球賽總冠軍！

心靈小啟示

人生的旅途，充滿許多的變數、意外與無奈。父母離異了，父親遭到突然的意外，離開了……這都是年少的孩子所不願看見的，卻也是不得不承受的。

然而，這就是「老天的無情考驗」；老天總是選擇我們最痛、最不願的地方，來考驗我們，不是嗎？

因為人生充滿著太多突來的意外，所以，我們都必須「多留一份愛，來愛自己和家人」。說真的，我們親愛的父母、兄弟姐妹什麼時候會離開我們，沒有人知道；但，多一份關心和愛，來愛自己的家人和親人，我們就會發現——**「多愛別人，就會獲得更多的愛。」**

同時，**一個人的卓越，來自「自我約束與承諾」。**

黑人因著爺爺的眼淚，而改變。他自我約束，也期許自己奮發向上、改過向善；真的，**「一個人的態度，決定他的高度。」只要自我約束，勇敢走自己的路，就可以看見美好的人生景物啊！**

所以，我們都要選擇自己最喜歡的事，好好的去發揮它；就像黑人，籃球對他而言，是「興趣」，也是「使命」，他全心投入！我們的工作，若能是興趣，也是使命，就會讓我們感到快樂，而專注地把它做到最好。

練習說故事

故事的好聽，不一定在演得好，或是字正腔圓、發音很標準。**故事的好聽，在於講故事的人，發自內心的誠懇與陳述。**

黑人在講這篇故事時，沒有藝人的花俏和誇張的動作。他拿著麥克風，靜靜地坐著，用平穩的語調，和年輕學子們分享他的成長和遭遇。故事的劇情，是如此的真實、悲痛、震撼和感動；尤其是爺爺在法庭上的一幕，是眼淚、是悲傷、是自責、也是恨鐵不成鋼……

爺爺的失聲痛哭，刺痛了黑人輕狂、叛逆的心，讓他連頭都不敢抬，卻也掉下眼淚，進而改過自新，成為一個熱愛籃球的國手……

當黑人在講述這些心路故事時，有些台下的女學生，聽得早已淚流滿面了。

講故事最難的地方，是引起聽眾的「感動」與「共鳴」；然而，自己所經歷的

生命故事，常是最真實、最動人的。因它，深印在自己的腦袋裡。

不過，說故事時，切勿太急躁、勿講得太快；尤其是感性的故事，內容是感性、感傷的，是需要讓聽者有「想像的空間」，若講得太快，會失去現場氣氛的「情感凝聚力」。所以，必須用「和緩、平靜、誠懇」的語調，用心、用眼看著聽眾真誠地講述，才能感情流露，進而緊緊抓住聽者的心。

同時，說故事時，不能一直埋首「看資料、讀稿」，而是必須熟知自己的故事內容，從容不迫地抬頭，看著觀眾，也讓觀眾注意到你——「你的聲音、你的表情、你的內容、你的表現。」

也因此，說故事，不是只有「說出來」而已，還要讓故事「活出來」，才會讓故事更生動、更感人！

「睜一隻眼、閉一隻眼」的老師

善用「停頓法」，來製造氣氛！

整個教室，突然變得靜悄悄的，
同學們先是驚訝、瞪大眼睛……
一些感情豐富的女學生，
則是開始啜泣、掉下眼淚——
原來，老師是如此辛苦照顧我們，
他的眼睛，居然是……

國中，是個活潑、好動，甚至是叛逆的青春期。唸國中的孩子，常有自己的主見，喜歡在頭髮上作怪，喜歡和老師、父母頂嘴；當然，青少年是個輕狂的年代。

在桃園縣的瑞原國中，三年四班，三十名學生也是正值這青春奔放的年紀，各個充滿活力、精力充沛；他們參加校內才藝比賽、壁報比賽、籃球比賽，都是名列前茅、銳不可當；可是，他們的學業成績卻不太好，唸起書來，就是少了點勁，甚至也有幾名學生會偷偷抽煙，所以常被歸類為「後段班」。

這個班的導師，名叫沈寶二，五十六歲，擔任教職已近三十年，桃李滿天下，許多學生已經當了律師、老師、總經理。可是，沈老師的眼睛視力不好，他小時候雙眼病變，左眼視力「零」，右眼視力逐年退化至「零點一」。嚴重的視障，讓沈老師在升學過程中飽受嘲笑、痛苦；如今，他身為老師、為人師表，他把愛全部奉獻在學生身上。

可是，青春期的學生哪懂得老師的愛和付出？上課時，學生吵吵鬧鬧、心不在焉；寫黑板時，沈老師回頭叫學生安靜，可是他眼睛弱視，什麼也看不到，頑皮學生依然嬉笑如常。校長也多次督促沈老師，要嚴加管教學生，免得影響到其他班級上課；然而，力不從心的沈老師心中十分難過，他如何才能讓學生不再嬉鬧，而專注於功課呢？

經過一番思量，沈老師決定請輔導室陳主任陪著他，向學生們述說他這一生的波折。陳主任問學生，了不了解沈老師？有些學生說：「沈老師人很好」、「沈老師教學很認真」、「沈老師很關心我們、很有愛心……」

此時，沈老師站在台上，緩緩地說：「我是在上海出生的，我父親是個船員，媽媽在懷孕時，因吃藥不慎，讓我出生後就雙眼病變。我家裡很窮，沒辦法醫治眼睛；唸書時，坐在第一排，還是看不見黑板上寫的字，只能在下課時，向同學借筆記猛K。別人讀一小時的書，我就必須花三、四小時來讀……」

沈老師的右眼，泛著淚光，繼續說道：「各位同學，你們都知道老師的眼睛不好，你們吵鬧、追跑，我也看不清楚，可是，你們不愛唸書、成績不好，將來怎麼

跟別人競爭呢？我的視力很差，但是，為了生存，我自己一個人一路半工半讀到大學、唸研究所；我不要讓人家覺得我可憐，我不要別人同情我，我告訴自己，我一定要自己有作為……」

說著、說著，沈老師輕緩地拿下他的眼鏡，放在桌上，然後，用他的左手，摘下他的「左眼珠」。此時，全班三十位學生，莫不看得目瞪口呆、鴉雀無聲……

天哪！老師居然「用手，把他的眼球摘了下來」！

此時，整個教室突然變得靜悄悄的，靜肅一片；同學先是驚訝、瞪大眼睛、楞傻住了！接著，一些感情豐富的女學生則開始啜泣、掉下眼淚——**原來，老師是如此辛苦地照顧我們、愛我們；他左眼裝的是「義眼」，完全看不見，可是他從來不說，我們竟然還在背後捉弄他、取笑他……**

看著老師手上拿著的眼珠子、看著他眼眶中空無一物，幾位女同學，難掩激動的情緒，哭得不成人形，個個成為淚人兒，不時地拿出面紙拭淚。

這，真是三年四班最安靜的一課。

沈老師拿著「眼珠」，右眼角泛著淚水說：「我不期待每個同學的成績都是名列前茅，但是基測快到了，你們都要收心，一定要用功，要為自己的前途努力拚一下……」

沈老師的話才剛說完，就有愛嬉鬧、愛作怪的男學生說：「老師，真的很對不起！」「老師，我們錯了！」沈老師看了他，又緩緩地把左眼珠放回眼眶裡，神情剴切地說：**「大家要記得，絕不能放棄自己，只有努力，才有機會！」**

此時，輔導室陳主任站在一旁，笑笑地說：「我想同學們現在一定都知道，為什麼沈老師平常的管理都是『睜一隻眼、閉一隻眼』了吧！沈老師真的很辛苦，也很關心每個同學……」

「老師，我們一定會努力的！我們不會讓您失望的！」下課前，同學們擦著淚水，異口同聲地說道。

心靈小啟示

比起那些視障、肢障，或智能不足的人，我們都一定會覺得，自己很幸福！因為，視障、肢障等的殘障朋友，是咱們社會弱勢中的弱勢，他們無法和我們一般人一樣跑跳、眼力正常。

所以，有句話說：**「身在彩虹中的人，往往看不見身邊的彩虹。」我們都必須學習「知福、惜福」，多珍惜我們現有的一切，努力用心播種、耕耘；因為，「只要辛勤地撒出種子，就會開花結果！」**

經國先生曾說：**「只有風雨之中成長的，才能挺立於風雨之中。」**人，不能輕易被擊倒；你我，都必須接受更嚴峻的挑戰。就像本文中的沈老師一樣，雖然一生都是個視障、半盲人，但他勇敢面對困頓、挑戰命運、愛護學生，激勵學生力爭上游，真是令人感佩啊！

練習說故事

這篇故事，是報章上的真實故事，很感人。但在練習講故事時，必須特別注意到「停頓」的技巧。

講故事時，不是主講人吱吱喳喳的一直講而已；在特殊、精采、感人的劇情中，說故事的人必須「放慢速度」。例如：「我父親是個船員……媽媽在懷孕時……因吃藥不慎……讓我出生後……就雙眼病變……唸書時……我坐在第一排……還是看不見黑板上寫的字……」

講故事的人，必須懂得「模仿情境」，利用聲音的變化、放慢速度、停頓，來「製造氣氛」，並吸引聽眾的注意力。

此外，動作的配合也很重要。當講到沈老師把「眼珠」從左眼摘下時，必須有真實動作的配合，而且「停頓」，讓「言語空白」，也讓氣氛凝聚在「無言無語」之中。因為，摘下眼珠，是很震撼人的事，但也是可以理解的真實情節，說太多話，是沒有意義的——「此時無聲勝有聲啊！」

「停頓法」，是說故事中很重要的技巧運用；停頓，不是「真空」，它讓聽者的腦海，充滿更多的想像，也引起了更多的好奇心。

所以，講感性故事，不能快、不能急；聲音要慢、要充滿感性、要充滿意涵；這也是所謂的「聲調轉換法」——透過聲音高低、快慢的變化，來引起聽眾的注意。例如：「我不期待……每個同學的成績……都是名列前茅，但是基測快到了……你們都要收心……一定要用功、努力拚一下……」

再來，沈老師緩緩地把左眼珠子放回眼眶裡，神情剴切地說：「大家要記得——決不能放棄自己——只有努力，才有機會……」

這些話，講快了，就沒意思，沒有味道了！所以，要講得慢、音調放低、態度誠懇，眼光泛著淚水，甚至，句子故意停一下、再停一下，就會使故事更充滿感性的氣氛！

我狠心割下太太的皮嗎？

用「反問」和「拋問題」，來產生「互動」

「耶穌基督為了愛世人，
都甘心被釘在十字架上，
為世人流血捨命；
現在，為了救金耀，
我割一些皮給他，
又有什麼關係呢？」

假如你的腳受傷、傷口潰爛，而且潰爛的程度愈來愈嚴重，你一定很緊張、很焦急對不對？

在一九二八年，也就是民國十七年時，有個十三歲的周金耀小弟弟，走路時不慎被石頭絆倒，右膝蓋關節受傷。這傷勢本來不嚴重，但是他隔天就走路四台里到學校上學，四、五天之後，傷口遭細菌入侵，而逐漸浮腫、化膿。

周金耀是個養子，他在出生剛滿四個月時，就被親生父母以「四十圓」的代價，賣給養父周益。其實，養父對周金耀很好，曾以「髮油和草藥」為他敷傷，可是傷口病情越來越惡化；後來，養父又求道問佛，並請道士來施行法術，但病情更變本加厲，甚至發炎中毒。

「怎麼辦呢？兒子的腳潰爛，不能走路了，怎麼辦啊？」養父揹著兒子，前往彰化看中醫，仍然沒有效果。養父揹不動了，自己也走不動，看著蒼天，真的是欲哭無淚，不知道該如何是好？這時，有個老人走了過來，看見周金耀的病況後，就告訴養父：「你最好趕快去找那個外國仔——蘭大衛醫生。」

蘭大衛是從英國來臺宣教，行醫的醫生，他在彰化開設「蘭醫館」；可是，當時蘭大衛醫生全家正到大陸山東避暑，所以由其他醫生代為施行外科手術，控制病情。後來，蘭醫師全家返台後，即細心地治療周小弟的潰爛傷口；而蘭夫人連瑪玉女士，更是時常坐在病床邊，教周小弟唱詩歌、讀聖經、編織毛線、來減輕他長期躺臥病床的痛苦。

然而，不幸的是，周小弟的傷口又被感染，傷口已經長達一台尺餘，面積很大，很難再生出新皮膚；而且也可能併發成「骨膜骨髓炎」，到時，可能就需要「截肢」，才能保住他的小命。回家後，蘭大衛醫生告訴太太：「金耀的腳，潰爛程度很嚴重，再過不久，恐怕要截肢，甚至有生命危險……」

「天哪，那該怎麼辦呢？怎樣才能救救金耀呢？」蘭太太一想到躺臥在病床那麼久的周小弟，不禁心中哀痛、悲從中來。

這時，蘭大衛醫生說：「醫典上記載一種『植皮手術』，就是要切割其他部位的皮膚，移植到患者的傷口，使它再生皮膚……但，這只是書上的理論而已。」

在民國十七年時，醫學不發達，從來沒有醫生做過皮膚移植手術。

「那，是不是要割金耀的皮膚來移植呢？」蘭太太問到。

「不行，金耀的身體很虛弱，沒辦法再割他身上的皮了。」蘭大衛醫生皺著眉頭回答。

過了一會兒，蘭太太突然很認真地說：**「那割我的皮好不好？假如割我的皮，移植到金耀的傷口上，能救活他一命，我願意！」**

「啊？什麼？……割妳的皮？」蘭醫生不敢置信地說。

「對，割我的皮給金耀，來治好他的病，有什麼不可以呢？」當時四十四歲的蘭太太真心地說：「耶穌基督為了愛世人，都甘心被釘在十字架上，為世人流血捨命；現在，為了救金耀，我割一些皮給他，又有什麼關係呢？」

那夜，蘭大衛醫師輾轉難眠——天哪，要我親自動手，**「割下心愛太太的皮**

膚」，而移植到傷口潰爛的臺灣小孩身上，這，會不會太瘋狂了？我能這樣做嗎？我能狠心割下美麗太太的皮膚嗎？

此刻，真是天人交戰啊！您說，該不該割自己太太的皮膚呢？不割，金耀的腳日漸潰爛，生命病危！割……割下心愛太太的皮，蘭醫生狠得下這個心嗎？

在蘭大衛夫妻跪下來禱告之後，他們做了最後的決定——由蘭醫生親自操刀，切割下妻子的腿皮，來救治「一名生命垂危的臺灣貧困兒童」。

手術當天，蘭醫生將太太全身麻醉，忍痛地切割下她「右大腿皮膚四片」（每片約一吋寬、三寸長），再移植到也被全身麻醉的周金耀「右腿大片爛傷口上」，再以金屬線網貼布覆蓋。

您猜，後來手術成功了嗎？……很遺憾的，這手術，失敗了！

蘭太太被切割的皮膚，因「異體移植排斥」而脫落。後來蘭醫生與其他醫生再會診的結果，認為移植的皮膚片「面積太大」，所以改切割周小弟左腿少部分的皮膚，以細片播撒於傷口，才讓新生皮膚慢慢生長出來……一年後，大片潰爛傷口才逐漸痊癒。

周金耀小弟弟長大後，成為教會牧師，也擔任彰化基督教醫院董事等職。他曾回憶說：**「當時，我被麻醉躺在手術檯上，可是，因為麻醉藥力不足，我突然醒了過來；當我睜開眼睛時，我側眼看到蘭大衛醫生，正在切割蘭媽媽的腿部皮肉……那時，我就像觸電一般……我猛然想起，蘭媽媽當天對我說，叫我放心，有人會切割皮膚給我……沒想到，竟然是切割她自己腿上的皮膚給我……」**

【後記】

蘭大衛夫婦於一九八〇年離開臺灣，返回英國家鄉安享晚年；連瑪玉女士更榮獲英國女王贈勳，表揚她在海外「切膚之愛」的偉大事蹟。

而蘭媽媽雖然切割自己皮膚救人，卻沒有影響她的健康；相反地，上帝反而加倍祝福她，使她活到一〇一歲的高壽，於一九九四年，才蒙主恩召回天家。

（本文故事由彰化基督教醫院「切膚之愛基金會」提供，作者改寫，特此感謝！）

心靈小啟示

詩人紀伯倫說：**「愛，是別人眼中的一滴淚；愛，是別人嘴角的一抹笑。」一個人真心真愛的付出，別人一定感動在心，而留下感動無比的眼淚，露出真心感謝的微笑！所以，「笑與淚，也都是真幸福啊！」**

有人說：「愛她，怎麼忍心傷害她？」對，愛她，就不要傷害她。可是，為了「大愛」，為了基督愛世人的博愛精神，蘭大衛醫生在親愛太太的要求下，切割下太太的腿部皮肉……這真是「心存大愛，犧牲自己」啊！

最近醫學研究發現，不論老人或年輕人，只要自己覺得健康、快樂，就可以降低死亡風險；愛抱怨這裡痛、那裡痛、不快樂、自憐自艾的人，死亡風險比常人高兩倍。所以——**「心情愈快樂，人愈健康！」**

不過，人要如何心情快樂呢？**心情快樂不在「大魚大肉、錦衣玉食」；心情快樂在於「主動付出、真愛關懷、真情幫助他人……」**就像蘭大衛夫婦的大愛一樣。

練習說故事

有些故事，很感人，卻很長，所以講故事的人，必須「去蕪存菁」，抓住最精采的重點，不能拖拉太長、太瑣碎，以致於無法精準抓住聽者的注意力。

在這篇「切膚之愛」的感人故事中，前面的劇情交代是必須的，尤其是，也要說清楚時代背景，那是一個「醫藥不發達」的年代。

同時，劇情的最高潮、最震撼人的是，蘭大衛醫生夫婦的對話——「割我的皮好不好？假如割我的皮，移植到金耀的傷口上，能救活他一命，我願意！」……這是多麼感動人的話啊！真是「驚天地、泣鬼神」啊！同時——「天哪！要我親自動手，割下心愛太太的皮膚，而移植到傷口潰爛的台灣小孩身上，這，會不會太瘋狂了？我能這樣做嗎？我能狠心割下美麗太太的皮膚嗎？……」這些話，很掙扎，也很令人動容，但是，講者必須練習很多次，練到很流暢、很感性、很融入，才能真情流露，讓人聽了，字字打動心扉！

另外，**在這篇故事中，最可以運用的是「反問法」的技巧**——「您說，該不該割自己太太的皮膚呢？」講者在說故事的過程中，不要都是自己一個人在講，要適度地提出一些問題，來問問聽眾，讓他們來「參與、思考、回答」。

這就是要**「製造聽者參與」的機會，來產生「互動」，而使場面更加熱絡。**

「反問」和「拋問題」的技巧若運用得好，通常會有許多意想不到的「反饋」和「答案」出現，讓現場氣氛更加活潑、有趣。

不過，在輕鬆的氣氛之後，主題還是要拉回來——「我醒了過來，睜開眼睛，我看到蘭大衛醫生正在切割蘭媽媽腿部皮肉……我就像觸電一般……沒想到，竟然是蘭媽媽切割她自己腿上的皮膚給我……」

動人的故事，必須用最棒、最感人的音調來陳述、來飾演。我們雖然不是「演員」，但我們可以經過練習，放開心情，用最虔誠的心，把自己比擬成故事中的

「主角」一樣，用真心來說、用誠心來演、也用悼念的情，來緬懷追念那「曾經付出真愛於臺灣的——蘭大衛醫生夫婦」！

此外，在講述感人故事時，可能會讓講者自己的聲音哽咽了，或感動得說不下去了，甚至有人滿臉淚水；此時，**講者必須「放鬆喉嚨」、做個「深呼吸」，讓自己的情緒透過吸氣和吐氣，得到放鬆和釋放。**

多幾次從容的「深呼吸」，可以讓自己的心情，逐漸沉澱、鎮定下來，繼續把精彩故事說完。

那天，我為老爸洗澡、洗頭……

在「講感性故事」時，你，就是電影導演！

我們都喜歡抱起小嬰兒，
因為小嬰兒很可愛，很討人喜歡，
而且，我們也喜歡小嬰兒身上的乳香味；
可是，我們卻不喜歡聞到——
老人身上散發出來的氣味，
也對年邁的父母，失去了「耐心與愛心」……

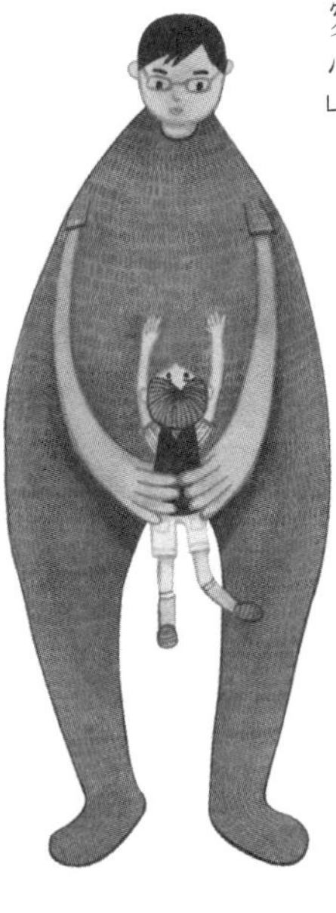

從小，父親就很疼我，經常買玩具給我，帶我出去玩，有時候也會跟我一起洗澡，幫我抹香皂、擦背、洗臉、洗頭，一起泡在浴缸裡。那時，我不懂得什麼是親子之情，但我的心裡，總是感到十分溫暖、快樂和滿足。

然而，日子過得很快，現在我父親已經將近八十歲了，他不幸罹患了帕金森氏症，行動不便，右手也不自主地不停抖動。爸爸經常一個人眼睛恍忽、失神，甚至眼光呆滯。平時，他吃飯、走路、上廁所、喝水、洗澡……都需要家人的照顧，無法自己行動；也因此，照顧父親生活作息的責任，就落在我母親的身上。

可是，母親的年紀也大了，她平時要買菜、洗衣，又要天天為父親餵食、扶他行走，還要幫父親洗澡……真的好辛苦！於是，我就嘗試為父親洗澡，來減輕媽媽的負擔。

不過，您知道嗎？我和父親的個子都是高頭大馬，身高都超過一百八十公分；所以，兩個又高又壯的男人，擠在一間空間不大的家中浴室裡洗澡，真的感到很彆扭、尷尬，也很折磨。

後來，我想到了一個好方法，就是帶父親到溫泉旅館去泡溫泉，也順便幫父親洗澡。嗯，太棒了，這個想法太好了！於是，我開著車，載父親到北投，找了一家溫泉旅館，在公共浴室裡為父親洗澡。

一開始，我對父親的全身赤裸感到很不習慣，也很不自在，因為，在我心目中，父親就像個巨人一樣，是我敬仰的對象。當父親在法院當法官時，有崇高的職位，也很威嚴，不苟言笑；而在家裡時，他是一家之主，對我們小孩，家教非常嚴格。然而，在這時候，我幫父親脫光衣服，兩個人都全身赤裸；**眼前的爸爸，八十歲了，老了，臉上、額頭上滿是皺紋，頭髮也稀落、斑白；雙手、雙腳的肌肉，也都已鬆弛，動作遲緩，臉上顯得十分無助。**

真的，我心裡非常尷尬、手足無措，甚至，我的眼光不敢和父親直視。不過，我還是鼓起勇氣，用香皂抹在爸爸的身上、腿上，幫他擦抹、搓揉，也幫他洗頭、沖水……

溫泉，溫度熱呼呼的，我舀起溫泉熱水，沖淋在爸爸的身上；這是我這輩子，第一次對爸爸這麼做。

回想小時候，爸爸也曾經幫我抹香皂、洗頭、沖水……當時，我是個活蹦亂跳的小孩。如今，我已經四十多歲了，爸爸忙碌一生，為社會貢獻了一生；他現在年老了，齒牙動搖了，頭髮也掉落了，甚至得了帕金森氏症，而使他的手不停地抖動。我看見他臉上的落寞、無奈和徬徨。

沖淨完身體，我輕扶著父親，緩步地走；兩個大男人，光溜溜地，一起走進浴池裡，一起泡在熱呼呼的溫泉裡。這時，爸爸輕輕地閉上眼睛，放鬆肌肉，享受著許久以來未曾有過的泡湯片刻……

過去，我一直以為，擁有財富、地位，讓家人有更好、更舒服的生活，就是最大的幸福；然而，當我幫年邁、有病在身的父親洗澡時，我才體會到——「愛，就是在家人的需要上，看見自己的責任！」

想一想，我們每個人都喜歡抱起剛出生的小嬰兒，逗逗他、親親他，因為小嬰兒很可愛，皮膚很白、很細嫩，很討人喜歡；而且，我們也喜歡小嬰兒身上所散發出來的乳香。可是，我們大部分人都很不喜歡聞到老人身上散發出來的氣味，不是嗎？

我們的雙親，年老了、生病了、走不動了，甚至尿失禁了；或是有些老人身體不適，沒有洗澡、洗頭，身上散發出「臭味」，有時也可能滿屋子裡都是「尿騷味」，所以少有人願意去親近他們，也不願去幫他們擦大便、換紙尿褲。我們可能都找外傭來做這些卑微、惡臭的事。的確，我們常對年邁的父母，失去了「耐心與愛心」！

在這高齡化的社會，我們有一天都可能變成病痛纏身、孤苦獨居的老人，而我們的子女，也都可能因工作忙碌，或嫌棄我們，而不在我們身邊來照顧我們。於是，我全時間投入了「傳神居家老人照顧」的工作，也希望——**我們都能「用愛，來擁抱被我們忽視許久的年邁親人」**！

心靈小啟示

「你今天微笑了嗎？」

「你今天和父母說說話、談談心，讓他們微笑了嗎？」

微笑，能增添生命的色彩；微笑，能讓生命充滿了力量；微笑，能讓人的心情從憂鬱和陰暗的角落走出來！人只要微笑，只要有陽光的笑臉，就十分迷人。

想想，當我們微笑時，是不是也讓父母微笑了？還是惹他們生氣了？生活中，與家人要有更多正面的溝通、親切的微笑；尤其對父母，不要動不動就抱怨、就爭執，或冷落、疏離。

想想，父母年紀大了，他們還有多少時間可以「笑」？不要讓父母有限的年歲，都在難過、流淚啊！多和父母說說話、多陪陪父母，因為，**「愛和溝通」是——「用聲音、用眼睛、也要用行動」——用溫柔和善的聲音說話、用真情的眼睛關懷、用具體的行動陪伴，讓父母感受到滿心的溫暖，也流露出喜樂的微笑！**

練習說故事

上述這篇故事，是我的好朋友——「傳神希望線執行長李志偉」所說的故事，我經過他的同意，將他幫他父親洗澡，以及他為何投入「傳神希望線——居家老人照顧工作」的原因，以我的風格和筆調，寫出來和大家分享。

有句話說——**寫情，要用「冷筆」；寫景，要用「熱筆」**。

在描述親情時，我們不必用太多華麗的辭藻，說什麼「父母的恩情像山一樣高、像海一樣深……」；這篇故事最感人之處，是「高壯的中年男子，為年邁有病的父親洗澡」的劇情，來讓聽者親自感受，在溫泉池旁，兒子為父親用心洗澡的一幕。

所以，說故事，就像是在「拍電影」。電影畫面是不會說美麗形容詞的，電影鏡頭所呈現的，就是一些片段畫面，讓觀眾自己去感受——「兩個超過一百八十公分的中、老年男人，擠在一間浴室裡」、「父親和我，脫光衣服、全身赤裸；眼前

的父親，肌肉鬆弛，動作遲緩，顯得十分無助」、「我用香皂抹在爸爸的身上、腿上，幫他擦抹、搓揉，也幫他洗頭、沖水……」

講故事，就必須懂得用一些淺顯的語言，去描繪出「場景」——描繪出父子在溫泉旅館內洗澡的情景。當描述性的語言一一呈現出來時，讀者自然會在腦海浮現出圖像和畫面，而自動地串連起來，就像看到電影的連續畫面一樣；而其中的親情、意境，就自然會流露出來！

所以，**在講感性故事時，你，就是電影導演！你要學習用樸實的語言，來描繪一些感人的畫面；你不必用太多華麗的形容詞藻，只要讓畫面自然流露呈現，就能打動人心！**

此外，從上述的幾篇故事中，我們可以發現，說故事可以運用三種敘述方式：

一、**第一人稱敘述法：**就像本篇故事，我用李志偉執行長的角度和口吻，親自來說出他和父親的故事；所以，故事的進行，不時地運用「我」的語氣來呈現。這是最親切、最自然、最吸引人的說故事方式。

二、**第二人稱述敘法**：就是用「你」的立場來說故事。例如：「假如你在路上遇到一個搶匪，要搶你的錢包，你會怎麼樣？」「你是不是曾經考試不及格？你是不是失戀過？」這種敘述方式，可以讓聽眾置身於故事之中。

三、**第三人稱敘述法**：就拿本篇故事來說，說故事的人會說：「我有一個朋友叫李志偉，他爸爸年紀大了，身體不便，所以，他就想了一個辦法，載爸爸去溫泉旅館內洗澡……」

我們很難說，哪一種敘述方式好，但，第一人稱敘述法，是講自己的故事，就很真實，很吸引人；不過，不是所有的事都適合用「第一人稱」來敘述，有時就必須用「第二人稱」或「第三人稱」來敘述。

所以，不同方式的敘述，適用於不同的故事；但只要我們勤加練習，靈巧地運用自如，就可以使聽眾產生濃厚的興趣。

第二篇

勇氣與堅持

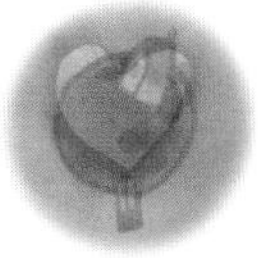

最後一名，也可勇奪金牌！

說故事，不是在「記哪些字」，而是「記哪些事」

一個說故事高手，
必須「像個超級推銷員」的樣子，
充滿推銷員的熱忱和企圖——
「這是個很棒、很精采的故事，
它太有意思了，
我迫不及待地想告訴你們……」

每四年一次的奧林匹克運動會，是全世界觀眾所矚目的，因為它的比賽項目很多，參加比賽的國家也很多。而「冬季奧運會」，也是四年一次，但是它的規模就比較小，參賽國家也比較少。

二〇〇二年的冬季奧運會，是在美國的鹽湖城舉行。鹽湖城位於猶他州，冬天十分酷冷，到處都是冰天雪地。我去過鹽湖城兩次，一次夏天，一次冬天；摩門教的總部，也就是設在鹽湖城。當我在冬天到了鹽湖城時，寒風刺骨，一踏出車門，幾乎是要用跑的，感覺真是「冷死了」。但，也因「冷死了」，才是冬季奧運會最佳的舉辦地點，可以在「戶外」舉辦壯觀的滑雪比賽。

而滑冰比賽，則是在室內進行。大家可能都在電視上看過，快速滑冰比賽的選手，每個人都穿緊身運動衣，雙手置於背後，彎著身子、低著頭，快速往前衝刺，看誰能最快抵達終點？

在男子組一千公尺競速滑冰比賽中，很多人都看好美國隊選手歐諾，因他的實力很強，幾乎是穩操勝算的選手。而中國選手李佳軍、南韓選手安賢洙、加拿大選手特爾柯特，實力也都不錯，都是在伯仲之間。嚴格說起來，真正實力較差的，是澳洲選手布萊德貝利，他的成績比起其他選手，是構不成威脅的。

不過，任何比賽都有贏、有輸，也有意外。

在這項一千公尺競速滑冰比賽中，一開始，美國選手歐諾一馬當先，取得領先位置，但其他選手，也各不相讓，不斷地往前飛奔，也互有領先。冰凍的滑道，很彎、很斜，也很滑溜，必須抓穩角度和重心，才不會跌倒。

當比賽滑到最後一圈時，還是美國選手歐諾領先，中國隊的李佳軍跟隨在後，而澳洲隊選手布萊德貝利，則是遠遠落後在最後一名。

而在歐諾滑進最後一個彎道時，觀眾歡呼聲響起，太棒了、太漂亮了；說實在的，這些滑冰選手的體格、身材都很棒，滑冰的姿態也很美，看這樣的高水準比賽，就像是欣賞一場力與美的極致享受。

可是，突然間「碰」了一聲！天哪，怎麼搞的，發生了什麼事？已經是最後

一個彎道了，終點就近在眼前，怎會這樣？……原來，是美國隊的歐諾與中國隊的李佳軍，因互相卡位，而撞在一起了！完了，李佳軍已經撞得摔倒了！而歐諾呢，也失去了平衡，被甩到一邊，而且，也再與南韓選手安賢洙撞在一起。

不幸的是，後面第四名的加拿大選手特爾柯特，也來不及煞車，衝了上來，又撞在一起了，也倒在地上！這……**這真是「連環大車禍」啊——「撞！撞！撞！」連三撞！這幕意外的「滑冰連環撞」，竟活生生地在終點前幾十公尺上演了！**

而最後一名的澳洲隊選手布萊德貝

利呢？他因速度最慢，落在最後，所以並沒有被撞上！這時，他很穩健，也充滿喜樂；他看著其他四名選手都一一倒地了，而他，卻信心十足，面帶微笑，獨自輕鬆地滑越終點，勇奪「金牌」！

我的媽呀，最後一名，竟然可以奪得金牌！

沒錯，當前面的選手都一一相撞、跌倒時，滑得最慢、最後一名的選手，就可以拿下「冠軍」、拿下「第一」、拿走「金牌」！

您別以為這是笑話！只要您去查一下二〇〇二年冬季奧運會的紀錄，您就可以相信，這是千真萬確的事——**排名最後的澳洲隊選手布萊德貝利，在男子一千公尺競速滑冰賽中，撿到大便宜，抱走金牌，也是澳洲史上第一面的冬季奧運金牌。**

而美國隊選手歐諾，反應很快，連滾帶爬地往前衝，而保住了一面「銀牌」；加拿大選手特爾柯特，回過神來，趕緊爬起來，忍住疼痛，不管三七二十一，咬緊牙，快步地再衝向終點，最後也得到「銅牌」。

心靈小啟示

你沒有信心嗎？你沒有勇氣嗎？你覺得自己沒有希望嗎？當你看到最後一名的澳洲隊，也能「勇奪金牌」時，或許可以改變你的一些想法——「不要輕言放棄」、「別說不可能」，只要你敢報名、敢參加比賽、敢站到台上、敢為自己全力付出，你都有機會拿到金牌！

所以，**永遠不要放棄希望——「Have a go at it!」（就多試試看吧！）不嘗試，你怎麼知道沒希望、不可能？**

最近我還聽一名小學生說：「戴老師，你看，連子彈都可以轉彎了，還有什麼不可能？」對，凡事都有可能！人，只要不放棄希望，就一定會有「絕處逢生」、「喜從天降」的契機啊！

因此，**現在的贏，不代表永遠都會贏；以後可能有意外，要小心翼翼。現在的輸，不代表永遠沒希望；未來充滿著機會，要再接再厲！**

練習說故事

站在台上時，請記得——「前面的訊息引發興趣，後面的訊息加強記憶。」

在講故事的開始，場面可能會有點「冷」，也就是氣氛還不容易炒熱，所以就必須「引發聽眾興趣」，來吸引觀眾。

奧運會的題材，可能是大家有興趣的，而冬季奧運會，也是很特殊的；尤其提到鹽湖城，是自己去過的地方，也是摩門教的總部，冬天好冷、好冷……

就這樣，慢慢導入正題，提到一千公尺男子競速滑冰——**你不能一開始就說「最後一名的澳洲隊拿下金牌」**；你必須慢慢陳述其他選手有多棒，實力堅強，但，在最後一個彎道時，突然意外發生了，「連環大車禍」出現了，原本沒有希望，沒人看好的澳洲隊選手，輕鬆、微笑地拿到冠軍……

這個故事，真的很戲劇化，很有意思，可以講得很生動；但，請你記得，不要「背稿子」，因為背稿子可能會忘詞！所以，你只要記得，有哪些隊參加比賽，誰最棒、誰最差；突然間，最後一個彎道，發生意外，四名選手都倒了，最後竄出了最差的澳洲隊，拿走金牌！

說故事，不是在「記哪些字」，而是「記哪些事」！故事的來龍去脈要搞清楚，過程就可以用自己的語言「隨便掰」，只要掰得精采、有趣就可以了！

不過，還是別忘記，說故事最後帶給大家的啟示——「別輕言放棄，別說不可能」，人生就是要不停地去嘗試，就會有一絲生機，就可以絕處逢生啊！

其實，**一個說故事高手，必須「像個超級推銷員」的樣子。**因為一個推銷員，必須把產品透過口若懸河的嘴，推銷出去，他才能賺到利潤。

一個說故事高手也是一樣，必須有推銷員的熱忱和企圖——「這是一個很棒、很精采、令人驚奇的故事，它真是太有意思了，我等不及、我迫不及待地想推銷給你們、告訴你們！」——說故事的人必須有這種心情，也對自己所要講的產品（即故事的內容）有信心，才能把故事推銷給聽眾！

歷史上，最偉大的田徑選手

說故事時，必須懂得「製造懸疑、製造高潮」

講故事時，必須沉得住氣，
慢慢講、故佈疑陣；
最後的結局，也必須「保密」，
絕不能太早透露，
來吸引聽眾、吊足聽眾的胃口，
並讓劇情達到「高潮迭起」的效果！

一個人想在奧運會中拿下一面金牌，是多麼不容易啊，那是需要經過多少年的辛苦努力，才能獲得此一殊榮！在奧運會的歷史中，田徑名將歐文斯（Jesse Owens）曾在一九三六年柏林奧運會中，創下個人榮獲「四面金牌」的記錄；此後，就沒有人再改寫這項艱難的記錄，直到一九八四年，洛杉磯奧運會……

卡爾・路易士（Carlton Lewis），是美國田徑隊中最受矚目的選手，他在奧運百米短跑決賽中，落後了八十公尺，但是，在最後的二十公尺，他以子彈列車般飛快的速度，超越對手，更以領先兩公尺的優勢衝過終點，贏得了他的「第一面奧運金牌」。

後來，路易士又在跳遠比賽中，只試跳一次，就跳出八米五四，輕鬆拿下「第二面金牌」。隨即，路易士放棄後面試跳的機會，趕往參加兩百公尺的決賽，最後，也以十九秒八〇的成績，打破奧運會記錄，贏得「第三面金牌」。

就這樣嗎？不，還沒結束！路易士又擔任美國隊四百公尺接力的最後一棒，他以驚人的衝刺速度，為美國隊奪得團體的金牌，也是他個人在同一屆奧運會中的

「第四面金牌」。

然而，三年後，路易士的父親不幸因癌症而過世。在喪禮中，路易士十分悲慟，因他父親是田徑教練，也是栽培他、訓練他的恩師。當路易士的眼淚掉落下來時，他從口袋中掏出一面「洛杉磯奧運百米金牌」，放在躺在棺材裡的父親手中，並對父親說：「爸，這面金牌陪著你，一起進入天國，因為，這面百米金牌是你最喜歡的項目。」

此時，路易士的母親很意外，也很驚訝，問他為何要這麼做呢？路易士回答說：**「媽，沒關係，妳相信我，我還會再贏得另外一面金牌！」**

於是，路易士將金牌與父親的遺體，一起埋入土裡，也誓言——「我一定還要在奧運會中奪下金牌！」

一年後，也就是一九八八年的漢城奧運會，路易士的最大勁敵，是來自加拿大的選手強森。當百米決賽的槍聲一響，只見強森像一隻黑豹一般，從起跑架上快速

地彈出，旋風地衝向前方；他全身肌肉緊繃、青筋外露，一路領先；而路易士呢？他一路落後，到八十公尺時，依然落後。

這時，路易士發現，情況不妙，眼看就要輸給強森了！而他，曾經誓言，還要再為親愛的父親奪下百米金牌，這美夢，眼看就要破滅了！

「不，我不能放棄，我不能輸！」路易士打起精神、咬著牙，以火箭般的飛毛腿速度，衝向終點！

結果呢？您猜……路易士贏了嗎？噢，不，太糟糕了，**他看著在最後十公尺時，強森已經英雄式地高舉著右手，提前慶祝他的勝利和金牌了！**

路易士呢？他……他輸了！強森的成績是「九秒七九」，打破世界紀錄，也被認為是已經超出本世紀人類體能的極限。而路易士，成績是「九秒九二」，也是很棒的成績。可是，沒有拿下百米金牌，如何向已故的父親交代呢？

然而，兩天之後，國際奧運會宣佈重大消息——百米金牌得主強森，因被檢驗出賽前曾使用「禁藥」，而且他本人也已經承認，所以，奧運會取消他百米金牌的資格；而百米金牌的頭銜，改由路易士遞補。哇，這真的太棒了，路易士真的再次拿到了夢寐以求的奧運百米金牌了！

您知道嗎？後來，加上九二年的「巴塞隆納奧運」、九六年的「亞特蘭大奧運」，**路易士一生中，總共奪得了「九面奧運金牌」，也成為歷史上，史無前例的「最偉大的田徑選手」**！

心靈小啟示

有人說：「**想法的大小，決定成就的大小。**」

的確，一個人的想法，要遠大、要有強烈的企圖心，並不斷地努力去實踐，才能成功。假如，一個人想法小小的，夢想也小小的，也沒有什麼目標和企圖心，那麼，一輩子可能就不會有什麼成就了！

所以，一個人要有自信，要看好自己！一個人有自信，並不是相信自己絕不會失敗，而是有信心往前走、不怕失敗；即使失敗了，也可以勇敢地站起來，或轉個彎，再繼續向前！

碰過車子爆胎吧！不然，也會有輪子被釘子戳破的時候。怎麼辦呢？答案是——「換個輪胎，再上路！」

人生也是一樣！勝利的人，不是不會失敗，而是他們贏在「再試一下」的精神！輸了、失敗了——「換個輪胎，再上路！」「換個心情，再衝刺！」千萬不能被自己所擊倒啊！

也因此，**「信念造就一生，堅毅成就美夢。」**路易士的故事，豈不是我們最好的榜樣？

練習說故事

說故事時，必須懂得「製造懸疑」、「製造高潮」。在本篇故事中，哪裡是高潮呢？

第一，路易士曾經在一屆奧運會中，拿下「四面金牌」。

第二，路易士的父親逝世，他將金牌放在父親手中，埋入地底，同時，他誓言，一定還要再拿金牌。

第三，在和強森百米競賽時，他，想贏、奮力衝刺，但……他輸了。

可是，「懸疑」也就在此，「故佈疑陣」也是在此。後來，強森被驗出使用禁藥，路易士真的又拿下百米金牌，美夢成真！

講故事時，不能太早說出「答案」。最後的結局，必須「保密」，絕不能太早透露。所以，講故事的人，必須沉得住氣，慢慢講，像鴨子划水般，若無其事地，一步步來「佈局」，也製造「伏筆」，來吸引聽眾、吊足聽眾的胃口，慢慢營造一個好聽故事的情境。

當然，**在說故事的過程中，必須讓劇情有所謂「高潮迭起」的效果；最後，在故佈疑陣的懸疑氣氛中，才慢慢說出最後精彩的結局和答案。**

所以，講故事的人，一定要把故事一次又一次的練習，懂得運用不同音調的變化，配合劇情的需要，做最生動、活潑的演出。

基本上，利用口語敘述的「製造懸疑」，可以讓故事更具「戲劇感」；而這樣的製造懸疑氣氛，並不一定是用大聲喊叫或驚嚇，來達成目的。**製造氣氛，有時也可以用「低沉、平靜」，甚至是「小聲耳語」的方式來進行。**

總之，製造氣氛，就是盡可能地使故事充滿「戲劇性」，並使聽眾充滿期待，也讓意想不到的高潮出現！

「左右開弓、反敗為勝」的天王

每個故事，都要有「一重點、一啟示」

科比的爆發力強，
贏球的意志更強，
所以，大家給他一個「關鍵先生」的稱號，
因為他總是在比賽的關鍵時刻，
成為「致勝一擊」、「反敗為勝」、
「決定勝負」的那個關鍵人物！

美國職業籃球賽ＮＢＡ中，麥可．喬登曾經是風靡全球的「籃球大帝」，他出神入化的球技，幾乎是無人可及。如今，他已退休，可是，江山輩有才人出，長江後浪推前浪；您知道目前ＮＢＡ職籃賽中，最受歡迎、球衣賣的最多、人氣最旺、最有票房吸引力的球員是誰嗎？答案是——有「小飛俠」之稱的黑人球員「科比．布萊恩」（Kobe Bryant）。

科比的身高，在職籃中，並不算是頂高的，他只是湖人隊的後衛，**然而，他的球技卻震驚全場，他曾經在一場職籃賽中，獨自攻下「八十一分」！**天哪，其他球隊在整場球賽中，全隊成績恐怕還拿不到八十一分，但科比一個人卻為湖人隊獨得八十一分，創下令人刮目相看的記錄。

也因此，他在二〇〇六、〇七年的球季賽，都拿下ＮＢＡ「得分王」的光榮頭銜，也是各隊教練中，票選出來的「最佳進攻球員」和「最佳防守球員」。

科比在籃球賽中，就像個超級天王，是一個「既能攻，又能守」的全能球員。

當球落在他手上時，他就有無限可能，他一定想盡辦法把球投進籃框；對方派兩名球員防守他，也擋不住他凌厲的攻勢，也因此，他曾經連續十場得分都超過「四十分」，打破麥可・喬登的記錄！

為什麼科比會這麼厲害呢？科比曾對記者們透露一個秘密——「**從我三歲起，我爸爸就告訴我，做事情時，不能只會用右手，必須也訓練多用左手！為什麼呢？因為，會使用左手，你就多一種選擇和機會，所以三歲時，我爸爸就教我用左、右手輪流運球，培養我用左手打球的感覺。**」

哇！現在您知道科比打籃球厲害的秘訣了吧！他是「左右開弓」的全能球員——不是只會用右手運球、投籃，他的左手功力也是很厲害，依然能輕鬆地運球、進攻、上籃。

科比侃侃地說：「我父親刻意要求我用左手吃飯，用左手做事，所以，我在籃球場上，無論是用左手、還是右手，都能得心應手、運用自如……其實，我五歲時，就曾在義大利的一場比賽中，獨自拿下『六十分』；你們要知道，那場比賽只有三十分鐘而已哦！而讓我感到驕傲的是，我那些十一歲的對手，都只會用一隻手運球，但，只有我能左右手不斷換手運球、進攻！」

所以，科比能成為「得分天王」，不斷地挑籃、灌籃、遠射、近切得分，真的是有原因的；他從小不斷地訓練左右手，所以他的左右手力道平均，都能輪流換著運球，也讓對手分辨不出，他到底會用哪一隻手運球、上籃？

在籃球場上，科比出奇不意地左右換手，爆發力強，贏球的意志更強，所以，**大家給他一個「關鍵先生」的稱號，因為他總是在比賽的關鍵時刻，成為「致勝一擊」、「反敗為勝」、「決定勝負」的那個關鍵人物！**只要有他在場上，球隊就充滿著信心和昂揚的鬥志。

心靈小啟示

當然，我們不一定都會成為「左右開弓」的籃球員，但科比的成就，卻給了我們一項啟示——**「人，不能只有一項技能！」**當別人都只有一項專長時，你有第二項技能、第三項專長，那豈不是更吃香、更有競爭力？

如果，我們只有一項專長或技能，萬一公司倒閉了，或成為「夕陽職業」，怎麼辦？我們都要想想——科比在五歲就能左右開弓，我能做什麼？我的專長有哪些？我還要訓練哪些專長，才能讓自己屹立不搖、嶄露頭角？

所以，**「我們在順境的時候，要做最壞的打算，也要做最好的準備。」我們不能一直住在「舒適圈」裡，養尊處優、以逸待勞啊！**人要有憂患意識，隨時枕戈待旦，做好危機來臨的應變準備啊！

無憂無慮的生活，是可喜的，但，也是危險的！因為，生命中處處有危機。

也因此，人都要成就自己、裝備自己，讓自己成為「稀」和「貴」，才能被人看重！

人只有做出最棒的、做出與眾不同，才能教人深刻難忘，也才能克敵致勝啊！

練習說故事

在說一個故事時，我們心中都必須有個「主題」，也就是故事的「中心思想」；說故事不是隨便說說而已，它必須包含著「故事的主軸」，以及它帶給聽者的意義和啟示是什麼？

在這篇故事中，主軸就是「科比成為偉大籃球員的秘密」。但，說故事之前，我們就必須鋪陳、描述科比的偉大紀錄是什麼——「他是NBA職籃中，最受歡迎、人氣最紅、最有票房的球員；他曾經一場獨得八十一分，是最佳進攻球員、最佳防守球員，也是得分王……」

這些，都如先前所說，是在「佈局」，在下「伏筆」，在預告故事的精采內容，馬上就要出現囉——「科比制勝的秘訣是，從小練習左右開弓，紮實地訓練自己，使自己擁有比別人強的進攻能力……」最後，故事的啟示告訴大家，人都要有更多的專長，也要使自己成為「稀」和「貴」，才能與眾不同、克敵制勝！

這樣的故事佈局，「有吸引人的開場」、「有大成就的驚奇」、「有籃球常識的告知」、「有不為人知的秘訣透露」、「有知性勵志的啟發」……而且，故事不冗長，也不拖泥帶水，讓聽眾在短短三五分鐘之內，立刻聽到一個完整的故事和啟示，這不是很棒嗎？

講故事時，切忌「又臭又長」！有人講故事時，故事扯了很遠很遠、拉不回來；或是無法緊緊地扣住主題，渙散地東扯、西聊，以致於人家都不知道你的主題到底是什麼？

請您記得——**「一個故事，只要一個重點、一項啟示就夠了。」**

當您的故事要點說完了之後，不要再說「我再補充一點」、「再附帶一點」，甚至還有冗長、累贅的說明。有些人故事講完後，忽然想到有些細節遺漏掉了，還想再補充一些，而把細節再補述一遍。這種「很想把故事說到完美」的作法，反而會減弱或抵銷故事的高潮氣氛。

所以，讓聽眾得到寶貴的要點、觀念或啟示回去，比講一大堆毫無相關的細節，要好得多了。

因此，**「掌握簡單的原則」很重要——只要在三、五分鐘內講個短故事，內容精彩、絲絲入扣、環環相扣、言之有物、簡潔有力，也提出「建設性的啟示和看法」**，讓人聽了以後感觸良深，並得以學習、遵循，這就是一個「說故事高手」啊！

同是天涯受氣人，福氣啦！

說故事要「話中有畫」、要「圖像化說話」

說故事時，開頭很重要，
要有「奇特性」、「衝突性」，
要抓住聽眾的注意力，
也要有吸引人的內容和生動的圖像
才能「贏得聽眾」，
而不是「失去聽眾」。

大約五十年前，美國有一個小女孩，名叫康娣・萊斯（Condi Rice），她的外祖母是由一名白人地主和女黑奴所生，所以，她的外表看起來是「黑人」，卻有八分之一的白人血統。

從小，萊斯很喜歡念書，寫功課也很認真；而且，她也彈得一手好鋼琴。

在萊斯十歲的那一年，她的父母為了讓她增廣見聞，就帶她到首都華盛頓去遊覽，同時，也到美國總統辦公的白宮去參觀。當他們興沖沖地到達白宮外面的賓州大道柵欄外時，真的好想進入白宮看一看，可是，因為他們的黑色皮膚，竟被警衛擋架在外，不能進入白宮參觀。

當時，萊斯的心裡好難過，為什麼我們大老遠跑來白宮，竟然只是因為我們的皮膚是黑色的，就被擋在外面？為什麼黑人就要被瞧不起、被人歧視？

可是，沒辦法，那時候的規定就是這樣，所以萊斯和她的爸媽三人，只能遠遠看著那棟舉世聞名的白宮，在外徘徊，心裡十分沮喪。這時，小小年紀的萊斯轉過身，用平靜的口氣告訴父親說：**「爹地，您不要難過，今天我們因為膚色而進不**

去，可是，我相信有一天，我一定會被邀請進入那棟房子裡！」

後來，萊斯很用功唸書，鋼琴才華也很高，曾打算進入著名的茱莉亞音樂學院，但後來卻成為「政治學博士」。雖然她在高中時，學校曾評估她「不具備念大學的資格」，但她卻成為史丹福大學的教務長、副校長。

幾年後，**萊斯成為知名的教授，專研國際事務，而被老布希總統極度禮遇，受邀擔任「首席蘇聯事務顧問」，而堂堂地進入白宮。當戈巴契夫懷疑她是否真的了解蘇聯時，萊斯竟以漂亮的俄語，風靡了莫斯科。**

在小布希政府上台後，萊斯小姐更是受到小布希總統的倚重，任命她擔任「國家安全顧問」，現在，更成為全美國有史以來，第一位女性黑人的國務卿。她，至今仍是小姑獨處，但卻是《時代周刊》讚譽有加的時代人物——一顆美國政壇正在上升的超級巨星。

如今，我們經常在電視上看到萊斯小姐縱橫國際的身影，一下子在中東調停戰火，一下子在歐洲開會，一下子訪問日本；但，我們也可以想像——她小時候，被警衛擋駕、拒絕他們全家進入白宮參觀的情景。

或許，那座牆高；或許，警衛曾擋駕我們；

或許，人家的眼光歧視我們、瞧不起我們，因為我們沒有身分地位，也沒有人引薦我們。

但，**只要有心、有願、有目標、積極行動、實踐夢想，那麼，再高的牆，都會為我們而開**；而且，是主人的熱情邀請、歡迎，你我都要微笑大方地堂堂進入啊！

所以，「Nothing ventured , nothing gained.」（不敢冒險，就不可能有收穫！）

心靈小啟示

有個知名的藝術家頹喪地說：「這是一個沒有夢的時代。」

的確，我們現在的環境，不像以前有蓬勃的景氣，許多人口也都外流到中國大陸去了，甚至政治不安定，社會治安也很不理想，但是，我們還是要「有夢」啊！

其實，我們每個人都要「接受自己的一切」；就像萊斯小姐，她雖然是黑色皮膚，但她不氣餒、不消沉，她接受自己、挑戰自己。所以，《佛光菜根譚》中寫到：**「有突破困難的決心，才能獲得良機；有接受失敗的勇氣，才會獲得成功。」**

說真的，「我們同是天涯受氣人啊！」——任何生活物資，都在漲價，包括食品、汽油、瓦斯、飲料、車票……什麼都漲，就是薪水、收入沒漲；我們天天都是「天涯受氣人」，不是嗎？

可是，抱怨有什麼用？罵政府，人家也是皮不痛、肉不癢，照樣當他們的高官，享受榮華富貴。不過，**「命運，不是天生的！」我們都不能被命運打敗啊！**

所以，**千萬別向命運低頭，要有「勇敢向挫折挑戰的魂魄」！**

因為，**只要「贏在速度、勝在意志」，我們就是贏家！**

練習說故事

講故事，每個人都會，但每個人講的方法和效果都不一樣。

從「聽眾心理學」角度來說，人之所以被吸引，是因為故事中有其「奇特性」或「衝突性」；在本篇故事中，萊斯小姐的「黑人」身分，還有八分之一的白人血統，就有其「奇特性」，再加上想進入白宮參觀，卻被拒絕在外，也有其「衝突性」。

戲劇中，「衝突」是必備的要素，也因此，在講故事時，就像在演戲一樣，必須讓聽眾似乎看見「萊斯被擋在白宮柵欄外」的那一幕一樣，才會有戲劇化的效果。

同時，小小萊斯用平靜的口氣對父親說的那段話，很重要——**「爹地，您不要難過，今天我們因為膚色而進不去，可是，我相信有一天，我一定會被邀請進入那棟房子裡！」這是全故事中的菁華，必須說得「很平和、很堅定、很有志氣」！**

口語表達中，「圖像化說話」是很重要的，因為聽眾無法看見過去發生的故事情境，但只要說得好、演得好，聲音中帶有動人的感情，就能導引聽眾看到那幅我們所要描繪的圖像。

所以，**說故事要「話中有畫」、「栩栩如生」，才能讓聽者感受到故事的精采。**假如，在說故事時，有太多的「跳躍式思考」，或前後不通順、不連貫，或是漏掉重點的情結（例如，萊斯對父親說的那段話），那麼，故事的原味和精彩度，就會大打折扣了！

其實，說故事，也可以說是「講者」與「聽者」的百米競賽。

因為，眾多聽眾中，每個人都有自己的思維和想法，這些想法不管重不重要，它都在和講者互相競爭——你的聲音好聽，可能可以抓住他們的注意力；可是，萬一故事內容沒吸引力、不好聽、不感興趣，聽眾的注意力又會回復到他們自己原本的思維之中了。

所以，說故事時，開頭很重要，要有「奇特性」、「衝突性」；若一兩分鐘之內，講者無法引發聽眾興趣，要再拉回聽眾的注意力，就比較不容易。

也因此，賽跑即將開始了，「講者、聽者」都站在起跑線上，等待槍響——「各就各位……預備……砰！」起跑了……是講者講得精彩？還是聽眾覺得不好聽，心不在焉？你不覺得，雙方正在進行激烈的比賽、競爭嗎？

所以，說故事的人，必須有「好幾把刷子」，有方法、有絕招，讓故事高潮迭起，讓劇情「話中有畫」——有吸引人的內容、有栩栩生動的圖像、有意想不到的結局……才能「贏得聽眾」，而不是「失去聽眾」。

投手丘上的沉默王牌

巧妙運用「重複重點字」、「放慢速度」

當被擊出安打或再見全壘打時，
是一個已成的事實，
失望、生氣，都無濟於事。
靜下心吧，全心全意投下個球，
或準備下一場球賽，
才是最重要的啊！

前一陣子電視上播出，國民黨總統候選人馬英九，提出了副總統候選人搭配人選，答案出乎意外的是——「馬蕭配」；我一個朋友的女兒，正在唸國中一年級，一聽到「馬蕭配」之後，高興得跳起來！

問她為什麼這麼高興？她說：「太棒了，太棒了，馬英九要配『蕭敬騰』耶！」

哈，「蕭敬騰」要選副總統？不是啦，人家馬英九是配財經專家、前行政院長「蕭萬長」啦！

不過，「蕭敬騰」是誰？怎麼連小女生都認識？蕭敬騰是長得白白淨淨、不愛講話，唱歌卻是一級棒的男生；他自從參加「超級星光大道」電視節目，在PK賽中，擊敗人氣王楊宗緯之後，一夕之間，名氣大噪！他在餐廳駐唱，可是天天有人大排長龍，去聽他唱歌；他所到之處，也都有一大堆粉絲跟隨他，搶著一睹他的真面目，連歌后張惠妹都搶著跟他合唱。

蕭敬騰愛不愛講話？不愛講話。每次記者或主持人問他問題，他總是簡單回答

「幾個字」。有人計算，蕭敬騰每次講話，惜字如金，幾乎都不超過十個字！

其實，蕭敬騰不是耍酷、故意不說話，而是——那是他的個性。**他不多話，但以歌聲實力，來征服聽眾，讓聽眾陶醉在他溫柔、有韻味的歌聲之中。**

想一想，假如蕭敬騰是一個很聒噪、愛說話、又臭屁、嘰嘰喳喳、說個不停的人，你會喜歡他嗎？或許，歌迷就會少了一大半！

另外有一個超級大明星，每個人都認識，也不愛說話的人，你猜，他是誰？你應該猜對了，他就是美國職棒投手「王建民」。

王建民的話很少，也是惜字如金型的超級棒球明星。當記者訪問他時，他總是個性內斂、冷靜、穩健、不多話。所以，在他回台灣為企業代言時，他背後的大看板上，掛著他巨幅的人頭照片，上面寫著一個大大的字——「靜」。

話不多、喜歡安靜，是王建民「靜的美學」。

當王建民要走上投手丘投球前，他喜歡心境清澄一片，不講話，讓自己處在一

個安靜的世界中，然後，準備好心情，鎮定地上場投球。

而站在投手丘上，全場四周是數萬名的觀眾盯著看，聲音嘈雜不已；**但是王建民說，在他的心中和眼中，只看到前面的「打擊者」和「捕手」，他完全不受場內無數觀眾嘈雜聲的干擾。**

王建民投球，就是這麼安靜、鎮定。他靜靜地，一球一球地投。有時被擊出全壘打了，他依然要沉澱心情，不憤怒、不急躁，繼續沉穩、專注地投下一個球。在他臉上，看不到興奮或生氣的表情，他必須「冷靜地面對危機」！他不輕佻、不浮躁、不衝動，他只能運用如流星趕月的滑球、用幻影如箭的變速球和伸卡球，讓對手揮棒落空或接殺出局。

王建民在美國職棒大聯盟之中，**變的是「球路」，不變的是「態度」——他沉著不慌的態度，讓人摸不著球路；在他的臉上看不出喜怒哀樂，只有從容、冷靜，隨時準備盡責地幹掉下一位打者。**

他是個頂尖投手，也是「巨星」——**一名不愛說話、靜靜地上場、靜靜地下場的超級明星投手。**他在高興時，不囂張；在生氣時，不失控，也是教練眼中最受肯定的穩健型投手。

這，就是「王者的風範」，也是「沉默的巨人」啊！

心靈小啟示

其實，隸屬紐約洋基隊的王建民，也會有「低潮、難過、生氣」的時候。

在與國民兵隊對壘時，本來洋基隊是領先的，可是到了最後一局，王建民被對手擊出再見全壘打，輸了球；平常個性溫和的他，在走進休息室時，氣得用力摔甩手套。為什麼呢？王建民說：「因為，想到辛苦了八局，到最後卻沒能拿下勝投，就覺得很失望……可是，摔了手套、發洩過後，自己的心情就覺得平靜很多了！」

是的，**「過去就讓它過去吧！」「過去的事無法挽回，如何解決下一個打者比**

較重要！」當被擊出安打或再見全壘打時，是一個已成的事實，失望、生氣，都無濟於事。靜下心吧，全心全意投下個球，或準備下一場球，才是最重要的啊！

「冷靜、冷靜、要冷靜！」心情別受影響，眼睛要向前看！

看過動物奇觀的影片吧——**「野獸，因冷靜而可怕！」**

一些兇猛的野獸，牠動也不動，只是虎視眈眈的盯著你看時，你是不是感到可怕？會！因為——「野獸因冷靜，而令你不寒而慄！」

我們，就是要學習王建民的冷靜、不多話、不衝動，不隨便生氣、凝聚實力、定睛向前；也一球一球地專注解決下一個打者，一步一步地展現實力，讓自己登上榮耀的寶座！

練習說故事

一個故事的開始，都要有個好的「引言」，來引起聽眾的興趣。

引言，就是「釣餌」，它先抓住聽眾的耳朵，讓他仔細聽到個「好的開始」，也預告會有更好的內容在後面，這樣，聽眾就會更加集中注意力來聆聽。

本篇故事的開場引言，就是「馬蕭配」，當然這是個小笑話，但它後面要敘述的，是冷靜、少語的「紅牌歌手」和「王牌投手」。

而在說故事時，有些內容是很棒、很精彩的，此時，說故事的人就必須「強調其重點」。譬如說——

王建民變的是「球路」，不變的是「態度」。

他是「王者的風範」，也是「沉默的巨人」！

「野獸，因冷靜而可怕！」

當我們在講述「重點字」時，必須「放慢速度」，讓這些重點字，強調得很清楚，讓每個人都聽得到，也很深刻地了解其意義。

好的故事，必須由「好的傳達、好的強調」來達成。

所以，故事中，**哪些是「重點字」，必須先了解得很清楚；同時，遇到重點字時，也可以「提高或降低聲音」，來吸引聽眾的注意力。**聲音大聲，當然可強調其重點，但，聲音小聲，或是一個無聲的停頓，也都是吸引聽眾的微妙方法。

在語言傳達中，除了「強調重點」、「提高或降低聲音」之外，「重複重點」也是加深聽眾印象的好方法。**講者可以把故事中的重點，適時地「重複」，甚至再利用「反問」的方法，讓聽眾回答。如果，有些好句子、名言、詩句，也可以在適當的時機，讓聽眾一起「複誦」。**

「重複重點字」、「放慢速度」的方式，可以加深聽眾對故事的印象，而達到口語傳播的效果。

第三篇

夢想與追求

用「微笑」面對「嘲笑」！

用視覺畫面，增加故事的「真實性」和「說服力」

「這孩子是個『廢人』，
不用再唸書，
也不必去學什麼手藝，
乾脆拿盤子給他，叫他去車站，
趴在地上當乞丐，
人家就會丟銅板給他……」

在南投縣山區鄉下，有個小孩名叫阿潭，他三歲時罹患小兒麻痺，從此無法站起來走路；他像一隻鱷魚一樣，用胸部貼在地上爬行，所以他的膝蓋、小腿、腳盤經常磨破、流血，也留下許多疤痕。

到了七歲，爸爸才教他用兩隻手，拖著鞋子走路。你可以想見，當阿潭用手拖著鞋子走路，別人一定都會用好奇的眼光看他，但阿潭總是不自卑，而以點頭、微笑面對。

七歲，原本是孩子上小學的年齡，可是媽媽擔心他會被其他小朋友嘲笑、欺負，所以沒讓他上小學唸書。直到九歲時，熱心的校長才建議買一部三輪車，拜託全校同學幫忙推阿潭去上學。可是，遇到下雨天怎麼辦？在傾盆大雨中，三輪車陷在山區泥沼中，進退不得啊！同學都先走了，阿潭的眼淚和雨水一直流、一直流，大姐也在一旁抱怨。

然而，皇天總是不負苦心人，六年後，阿潭從西嶺國小以第一名成績畢業。不過，問題又來了，山區沒國中啊！阿潭問爸爸：「以後我該怎麼辦？」爸爸也去請教很多人，有人說：「叫他去擦皮鞋啦！」也有人說：「去學刻印章啦！」甚至也有人直接說：「這孩子是個『廢人』，不用再唸書，也不必去學什麼手藝，乾脆拿個盤子給他，叫他去車站，趴在地上當乞丐，人家就會丟銅板給他！」

可是，阿潭聽了，難過得跑到樹下大聲痛哭——「不，我不要當廢人，我不要當廢人，我不要當乞丐……」

後來，國小旁邊蓋了一所國中，阿潭高興得哭了好多天；他深信，上天聽到了他的祈求，老天絕不會放棄他的。也因此，阿潭更加努力用功唸書，三年後，也以第一名成績從鳳鳴國中畢業。

真的，天助自助者！**只要自立自強，敢向命運挑戰的人，就是巨人！**

阿潭說：**「遇到困難時，我就想辦法解決，而不是被打倒！」**

阿潭，名字叫做「劉大潭」，他後來又唸了台中高工、逢甲大學機械工程系，也都是以第一名的成績畢業！他的堅定信念和毅力，就像「感恩的心」這首歌的歌詞一樣——「我要向蒼天說，我絕不認輸！」

在求職過程中，劉大潭曾經被一百多家公司行號拒絕於門外，甚至被警衛趕出來，但最後終於有一家工廠願意「試用他」。於是，**劉大潭努力工作、不計較酬勞，也免費加班；當別人設計東西都只畫出一種方案時，他就加班設計出五、六種方案，提供老闆圈選**。也因這種用心、認真的態度，獲得老闆賞識；也因此，阿潭從組長、設計課長，一直升到研發部經理，薪水是全工廠最高的。

後來，劉大潭在書法班認識了一位漂亮、有才藝的女孩，當然，女孩的父親說什麼也不願讓女兒嫁給一個「用手走路」的人。然而，劉大潭鼓起勇氣，恭敬地向「可能的老丈人」說：「我除了腳不方便之外，我身體健康，品德操守及責任感都很好，設計課長的薪水也很穩定，最重要的是，我很愛您女兒……」丈婿一夜的懇談之後，丈人終於點頭答應了。

如今，劉大潭有了貌美如花的太太，也有了三個可愛的美麗女兒。而且，劉大潭也自己創業，成為「速跑得機械公司的董事長」。

劉大潭說，十五年前，他曾經「爬進」汽車展示場，現場的五、六名業務員一看到他，都紛紛走避，怕他可能是來化緣、要錢的。這時，劉大潭向一名小姐說：「我要買車！」可是，還是沒有人願意理他，只在一旁竊竊私笑。

隔一天，劉大潭再度「爬進」了汽車展示場，但他也請銀行經理提領「六十萬現金」過來，把鈔票放在桌上；此時，所有業務員都看傻了眼，急忙客氣、畢恭畢敬地泡茶、端咖啡過來。

付完錢之後，劉大潭拿出手提袋內的工具和零件，把鐵條用螺絲起子安裝在油門和腳煞車上；**這時，只要「用手」就可以操控油門和煞車。三十分鐘之後，劉大潭就把車子開走了，而現場六、七名的業務員，人人瞠目結舌、錯愕不已！**

二十年前，劉大潭看到電視新聞中，報導七、八個大學生在火災中被燒死，很心痛。一天，他看到一隻蜘蛛從葡萄棚上滑下來，就立刻衝回家，設計出蜘蛛高樓

緩降機，吊在窗中測試，效果很棒！他申請專利，立刻就被核准了；後來，被派出國比賽，也得到金牌。

又有一天，他看到連戰先生到圓山飯店開會，被困在電梯裡兩小時；於是，他又發明「在停電或電梯故障時，可以安全下降到一樓」的安全電梯。這個發明，又很快得到專利和金頭腦獎。

您知道嗎？劉大潭先生的發明不計其數，但他說，他這一生中做得最好的是「廢物利用」！原本，**他的身體已經殘廢，但他堅持「看好自己」，也絕不放棄，並充分利用剩餘的頭腦和雙手，也因此，他成為一名頂尖的發明家**！他曾經榮獲「全國發明展第一名、金頭腦獎」，也拿下「瑞士日內瓦國際發明金牌」、「德國國際發明金牌」、「國科會十大傑出科技人才獎」、「文復會科技總統獎」、「經濟部中小企業創新研究獎」……同時，他更是全球第一位「身障發明家」！

心靈小啟示

劉大潭先生說，這幾年，他得到的金牌已經超過「一公斤」，獎金超過兩百萬；他的人生目標，是「金牌五公斤、獎金五百萬」。

一個曾被嘲笑、歧視、看不起的人，他永遠不放棄自己，因為，他知道，他已經是腳殘廢了，沒有退路了；假如自己不再奮發圖強、加倍努力，他怎能會有璀璨的明天呢？所以，我們也一樣，都要向蒼天說：「再多的困難，我絕不認輸！」

因為，**「命運不是天生的，命運也是不會遺傳的」；命運，是可以逆轉、可以創造的！我們都要挑戰命運，因為，「勝利總在堅持後！」**

一個人只要「敢想、敢要、敢得到」，老天一定不會虧待我們的，祂一定會賜福給用心、認真和鍥而不捨的人！

所以，「一個人的態度，決定他的高度。」雖然劉大潭先生的腳殘廢，但是他的心是火熱的、跳躍的、積極的，也更是值得我們學習的「超人」啊！

練習說故事

這篇故事有點長，但因為劉大潭先生的故事太棒了，處處都是精彩，很難割捨。從他小時候，用胸部貼在地上走路、用手走路；下雨天三輪車推不動，雨水、淚水混在一起……真是令人感動。

再加上有人說他是「廢人」，可以去當乞丐；可是，他不認輸，一路求學都拿第一名；求職碰壁，最後以認真態度，獲得老闆的賞識。而且，又說服老丈人，讓他娶得美嬌娘……

而「爬進汽車展示場買車」的一段，更是充滿戲劇性；從被業務員瞧不起、歧視，到拿出六十萬元現金買車，並且「用手、不用腳」就把車開走，讓業務員留下錯愕、讚嘆不已的臉！

一則精采故事要說得好，必須懂得——「該說什麼」和「不說什麼」。

鋪陳故事背景、描述苦難過程、被他人嘲諷、譏笑，最後獨立奮發向上的事實……這些都是「該說的」；所以，必須抓住「極富戲劇張力」的內容和重點，在短暫的時間中，清楚、扼要、逐步地說出來。

有些人說故事時，「該說的沒說」、「不該說的卻說一大堆」，以至於時間拖得很長，令人感到不耐，真的很可惜。所以，我們都必須學習——**「只說精采的、該說的」，放棄「不精采、不該說的」，讓聽眾的眼睛，一直被你的劇情、表情和聲音所吸引。**

此外，說故事的人「真誠的態度」很重要。真誠，就是忠於自己、忠於故事；要相信自己所說的，都是真的，沒有虛假。

當說故事的人用很認真、很真誠、很莊重的口吻來說故事時，聽眾一定可以聽得出來、看得出來的，也感受得出來。

而一顆「莊重的心」，就是——說故事的人用一份認真、嚴肅的心情，來看待故事中的主角，也對故事的內容與主角表示恭敬。

同時，說故事時的「視覺畫面」也是很重要的。劉大潭先生絕不自卑，他的照片都曾在報紙上、期刊上刊登過。所以，**如果能拿出他的照片，展示給聽眾看，就一定可以增進故事的「真實性」和「說服力」**；而且，也可以讓聽眾們看到——**一個曾經在地上爬行的貧窮小孩，竟能「用微笑面對嘲笑」，而成為一位走向國際、令人讚嘆不已的「大巨人」**！

微笑自信，就是美麗佳人！

說故事的過程，要「精心設計」

小時候，她們家以種花維生，
有一次，她跟在爸爸後面走在田埂上，
一不小心，摔得滿身污泥；
她的手腳都是泥土，
也坐在地上放聲大哭，
可是，爸爸依然頭也不回地往前走……

在南投縣水里國中，有一名二年級的女學生名叫江婉君，她的體重只有四十四公斤，卻能將一百一十點五公斤的重量「蹲舉起來」；也就是說，她把將近她體重三倍的重量舉了起來。

這，就是江婉君，在全國青少年盃健力國手選拔賽中的傲人成績；她獲得了「冠軍」的榮耀，也打破了亞洲紀錄。

哇，太棒了，真是令人興奮了！可是，一回到家，她卻不能歡呼大叫，把自己的快樂和喜悅，大聲地講給爸爸、媽媽、姊姊和外婆聽。為什麼呢？……

當婉君興奮地回到家時，先在自家門口停了下來，收拾起雀躍、激動的情緒，然後在自己的筆記本上寫著：「爸、媽，我得獎了，我沒讓你們失望！」

進了家，婉君把筆記本拿給爸、媽看。爸、媽看了一眼，臉上露出了歡喜的微笑，頻頻點頭，也對著婉君豎起了大拇指。

在婉君告訴爸媽——「自己榮獲冠軍、成為健力國手」的這一刻，原本應該是全家高興異常、歡笑聲不斷才是；但，在她家裡，卻是靜悄悄的一片。因為……**婉**

君一家五口中，有四個人都是「聾啞人」，只有她一人，可以正常開口說話。

從小，婉君就是個乖巧的孩子。她生長在全家都是聾啞的家庭，每天，家裡都是靜靜的，甚至連吵架的對象都沒有。小時候，她們家住在彰化縣田尾鄉，以種花維生；有一次，她跟在爸爸後面走在田埂上，一不小心，摔得滿身污泥。小婉君摔倒了，手腳都是泥土，也坐在地上放聲大哭，可是，爸爸依然頭也不回地往前走，因為爸爸聽不到，不知道寶貝女兒摔倒在污泥裡。

這時候，婉君知道——**「她哭得再大聲也沒有用，因為爸爸的耳朵是聽不見的！」她必須自己趕快爬起來，追上前去，快步地抓住爸爸的褲腳，爸爸才會知道女兒跌倒了！**

「跌到時，大聲哭是沒有用的，只能自己勇敢爬起來！」從小，婉君就因家庭環境因素，而比其他小孩早熟，也具備了異於常人的冷靜與毅力。

後來，爸媽舉家搬到水里鄉，家裡經營理髮生意。婉君說，從小到大，在家裡都是用手語來溝通，所以到學校時，她也幾乎不太跟同學說話；加上有些小朋友知道婉君家人都是聾啞人時，就故意罵她「啞巴」，甚至用手語三字經、比中指來嘲笑她、辱罵她，也因此，婉君的心靈變得更閉塞。

婉君說，在唸國小時，她特別喜歡玩躲避球，因為「可以用力砸一些討厭的男生」。不過，升上國中、接觸健力後，她開始放開心胸，也聽取教練指示，努力自我訓練。當她得到全國冠軍、並打破世界紀錄後，高興地說：「健力讓我覺得自己是個強者，我要更上一層樓，爭取比賽獎金，並當上體育老師，來改善家中經濟！」

一個全家都是聾啞的女孩，她必須自我要求、自我嚴律，才能拿到最棒的成績，令人刮目相看！

婉君的教練陳坤良說，有一次訓練時間比較晚，他叫隊員早點回家；那時婉君回答說：「沒關係啦，我爸媽沒有在管我，他們不會『說話』啦！」此時，教練以為婉君想在外面遊蕩，就堅持開車送她回家，順便做家庭訪問。一到婉君家，見到她爸媽對著他比手畫腳……教練才恍然大悟，原來婉君不是在騙他、唬他的——她的家人，包括爸爸、媽媽、姊姊、外婆都是「先天性聾啞」。

然而，正因為家中只有自己能開口說話，所以婉君的個性變得「沉穩、冷靜、專注」。而她的爸媽，雖是聾啞，但仍然樂觀、開朗；他們比著手語、透過女兒翻譯說——自己聾啞，無法教導女兒什麼，但多謝教練教導，才沒讓女兒在外面學壞；他們會努力賺錢，無論如何，都要讓女兒再念書、再進修、再訓練，期待女兒有一天，能在世界健力比賽中嶄露頭角！

心靈小啟示

我們每個人的出生背景都不相同，有些人的命很好，是含金湯匙出生的；有些人的命比較差，是在貧寒家庭中長大。不過，**雖然我們沒有「選擇出生環境的權**

利」，但，我們都有「改變生活環境的權利」。

一個命不好的人，不能只有「抱怨」，而必須往前看，努力「實踐」；只要抱著理想，不斷地奮鬥下去，就一定會有撥雲見日的一天！

所以，我們都要「走在夢想的路上」，讓自己成為一個「造夢的人」，勇敢為自己造夢、築夢、圓夢！

您知道嗎，「心的方向」很重要！想想，我們的心，要往哪裡去？**心，是要跳躍、熾熱的；心，是要有方向、往前進的；心，不能是冷卻、停滯的，我們總是要勇敢地往前跨出去——「心不難，事就不難啊！」**

請您記得——**「跌倒時，大聲哭是沒有用的，要自己勇敢爬起來。」**

「自信＋笑容，就能成為美麗佳人哦！」

練習說故事

說故事時，每個人的表現各不相同，有些人說故事，臉上沒有表情——沒有喜悅、驚恐、懸疑或緊張的表情；甚至，連聲音都是平平淡淡，沒有抑揚頓挫、興奮洋溢或悲傷難過的音調，所以很難帶領聽眾進入故事的高潮。

說故事，是要「設計」的！

設計什麼呢？——「設計開場、設計聽者的期待、設計場景一幕幕的變化、設計聽眾的笑聲、設計聽眾的回答、設計聽眾的失望、設計聽眾的驚奇、設計緊張的劇情、設計突來的高潮……」

當然，所有的「設計」，必須靠講者的聲音、語言來表達，來完成任務。所以，聲音的表現就顯得很重要！聲音，就像軍隊的行軍一般，可以慢慢走，也可以「急行軍」，速度加快；或是前面有敵軍，一聲令下「衝啊——」「快速前進——」「臥倒——」。

講故事的人，就要像軍隊的司令官一般，**用「正常」或是「多變」的聲音和速度來行軍，逐字、逐句地來操控聽眾的耳朵；也要用聲音、速度的變化，或高低起伏，讓聽眾融入在你的故事裡。**

所以，「掌握聲音與速度」是很重要的。例如，「婉君拿到全國青少年健力比賽冠軍，也打破亞洲紀錄……」這聲音應該是興奮、快樂的，真是太棒了！「可是……她一回到家，卻不能歡呼大叫，不能將自己的快樂和喜悅，大聲講給爸爸、媽媽、姊姊和外婆聽。為什麼？……」

這時，語言、聲音就要停頓下來了——給大家猜一猜，為什麼？此時，聽眾可能就會有不同的答案出來……

「婉君興奮地回到家，她在自家門口停下來，先收拾起雀躍、激動的情緒，在自己的筆記本上寫著：『爸、媽，我得獎了，我沒讓你們失望……』」此時，真正的答案逐漸浮現出來了，為什麼婉君要寫字給爸媽看？因為——「他們家五口之中，有四個人，都是聾啞人……」

語言、聲音，是可以加快，也可以放慢的。激情時，愈講愈快；懸疑時、悲傷時，逐漸放慢速度，或是停滯速度……沒——有——聲——音——。可是，要再加速嗎？可以，短暫停滯之後，前面即將有小高潮出現，加點速度吧！

然而，要記住，不管是要加速、減速，或是停滯，都要在不知不覺之中完成，不可以太早「掀開底牌」！也就是說，故事中的行軍，其「速度感」和「韻律感」，完全是由說故事的人來操控——用「加速」、「減速」或「停滯」，來吸引聽眾的情緒，進而達成說精彩故事的任務。

淚流過了，心也更寬闊了！

故事除了「正餐」之外，也要有「點心」

當他第一天到學校上課時，
小朋友一看到他，
都嚇得大聲驚叫：
「鬼來了，鬼來了！」
後來，也有很多小朋友看到他時，
就叫他「陰陽臉」，或是「黑白郎君」……

曾經有個小男孩，一出生，從右臉頰到正中鼻樑，就長滿一大片的「紅色胎記」。這胎記，幾乎佔據了他的半個臉，太明顯了，所以每個人一看到他，就會看到他「紅通通的胎記臉龐」。

當這個小男孩第一天到學校上課時，小朋友一看到他，都嚇得大聲驚叫：**「鬼來了，鬼來了！」**小男生心裡很難過，他怎麼會是鬼呢？他只是一出生，臉上長個胎記而已啊！

可是，在班上，還是有許多小朋友，**看到他時就叫他是「魔鬼」，也有人叫他「陰陽臉」，或是「黑白郎君」**。

的確，這小男生的臉太特別了，可是，這紅色的胎記是拿不掉的啊！他，每天上學時，小朋友都會嘲笑他、取笑他，也使他小小的心靈遭到很大的打擊；也因此，這小男生就難過地躲了起來，不想再去上學。

怎麼辦呢？這紅色胎記是去除不掉的，是會跟他一輩子的，難道，他就要躲避所有人一輩子嗎？走出去吧！勇敢地走出去吧！只有不畏他人的眼光，勇敢地做出成績，才會令別人刮目相看啊！

在父母親的鼓勵下，這小男生開始學「圍棋」，他都靜靜地觀察黑白棋子，用心地佈局，也將所有的精神和注意力，全都放在圍棋對奕與廝殺上。**他，不再去想自己臉上的紅色胎記，也不必去多講話、面對人群；他，只有用心專注地把每一步棋都下得妥當！**

逐漸地，他，勇敢地走出了「紅色胎記」的陰霾，也到日本拜師學藝；他不再是個躲在教室角落的小男生，他，不去想別人對他的異樣眼光，只全心全意地發憤圖強、勤學棋藝。後來，他在日本富士通世界圍棋大賽中，擊敗了大陸第一圍棋高手古力，也勢如破竹地打敗韓國圍棋國手李世石，而晉身世界圍棋前八強。

後來，他又在韓國LG圍棋世界中，過關斬將，擊敗大陸的好手胡耀宇，而榮獲「世界圍棋冠軍」。

他，就是「紅面棋王——周俊勳」。

一夕之間，周俊勳成為全台灣皆知的人物，也贏得了八百三十萬元台幣的巨額冠軍獎金。當他頂著「世界圍棋冠軍」頭銜返台時，所有記者都到機場去等候他、採訪他、拍攝他；過去被嘲笑的「陰陽臉」、「黑白郎君」，甚至是「魔鬼來了」，如今卻是在眾人的擁簇、鎂光燈的閃爍之下，光榮地接受熱烈喝采與歡呼。

「紅色胎記」雖是他容貌的缺憾，但，「世界棋王」卻是他一生的榮耀。

周俊勳說，他小學下棋輸時，父親曾罰他寫下一百個輸棋理由的「悔過書」。周俊勳寫著：「太輕視對手、鬥志不夠、太驕傲、不夠冷靜、太急躁、前幾天沒練棋、時間太短導致形勢判斷錯誤……」最後，他實在想不出該寫什麼，乾脆就以「不該輸、不該輸、不該輸……」湊足一百個失敗的理由，交給爸爸。

如今，「紅面」變成「棋王」，過去嘲笑他的人，現在都豎起大拇指，說周俊勳「真的了不起」、「太棒了」，就像是「醜小鴨」變成「美麗天鵝」一樣，是他永遠的榮耀和傳奇！

心靈小啟示

一個人，只有展現實力，才能獲得光榮的勝利啊！如果周俊勳在被嘲笑時，心裡覺得被歧視、憤世嫉俗，而不停地抱怨，或躲避，他今天就無法成為受人矚目的棋王了！人，只有勇敢面對自己的缺點，用心、專注在自己最有興趣的地方，才能享受生命的樂趣，也才能拿到自己生命的冠軍榮耀啊！

所以，遇挫折時，只有抱怨，是無濟於事的。只有「少抱怨、多實踐」，才能創造生命的奇蹟！當周俊勳被同學嘲笑時，相信他一定很難過；可是，他忍住嘲諷、忍住譏笑，不斷地往前走。

您知道嗎，**「一個人站在吊橋上，有點怕；但，只要往前看，快速地往前走，你就不會再害怕了！」「一個人，只要不畏旁人的異樣眼光，勇往直前，那麼，嘲諷你的、看不起你的、譏笑你的人，都會落在你後面了！」**

每個人，難免都會流淚，但，**「淚流過了，心也就會寬闊了！」**不是嗎？

練習說故事

周俊勳的故事，可能很多人都曾在報章雜誌上看過，可是，在對孩子講故事時，可以不必一開始就說：「有個世界冠軍的棋王，名叫周俊勳……」這樣，就沒有故事的「曲折性和張力」。

所以，我從一個沒名字的小男孩，臉上長了「紅色胎記」的角度開始談起，再談到他小時候如何受到別人嘲笑，再提到他如何奮發圖強、自立自強，最後拿下「世界棋王」的頭銜。

講故事時，必須有其「合理性」和「邏輯性」，讓故事慢慢地鋪陳，而且，故事的劇情前後要很真實、很自然、沒有唐突，或是出現不合邏輯的說法。

同時，在講這篇故事時，也必須會「演」，因為周俊勳的右臉有「紅色胎記」，講者一定要看過他的照片或影片，才能講得、或描述得很真實。假如，根本不知道這「紅色胎記」長的位置，或面積大小，那麼，說故事的說服力就會大大的減少。

另外，故事中的「重點字」也是很重要。譬如：「鬼來了」、「魔鬼」、「陰陽臉」、「黑白郎君」、「紅色胎記」、「世界棋王冠軍」、「周俊勳」、「醜小鴨」、「美麗天鵝」、「展現實力，才能獲得光榮勝利」……等等，這些都是支撐一篇動人故事中「重點字」！

在講到這些特別的「重點字」時，講者的速度要放慢、咬字要清晰，讓別人聽得很清楚，不能口齒不清、含糊。特別是在講到一百個失敗的理由時——「太輕視對手、鬥志不夠、太驕傲、不夠冷靜、太急躁……」講這些字時，要字字清楚，有節奏感、韻律感，更要有力道，才能震撼人心！

用餐時，侍者所端出來的，有些是「開胃菜」，有些是「沙拉」，有些是「主菜、正餐」，有些是「點心、甜點」……

說故事也是一樣——**有些是「引言」，有些是「鋪陳劇情」，慢慢地，「主題、正餐」出來了，達到劇情高潮了！然後，再來是「點心、小啟示」，給聽眾口齒留香、回味無窮的繞樑餘音。**

所以，每個故事，除了「正餐」之外，記得一定要有「點心」；就像——「遇抱怨，是無濟於事的！少抱怨、多實踐……」任何的故事，都一定要帶給聽眾點滴在心頭的「點心」和「小啟示」，才能給聽眾留下深刻印象。

信心的翅膀，讓人高飛！

親自涉入與見證，會讓聽眾「熱起來」

「我曾經把筆綁在他的手上，教他寫字，
可是，他的手就是沒力，不能寫字；
我也教他用嘴咬著筆寫字，
可是，他太痛苦了！
最後，我放棄了，
只好教他『用腳代手』寫字……」

假如你有健康的身體和四肢，但，突然有一天，你的雙手突然失去了動力，不能拿東西、不能拿筆寫字，腳也不能跑，四肢癱瘓，那該怎麼辦呢？

林永晏，就是這樣的孩子。他本來是個健康、快樂的孩子，但在四歲讀幼稚園時，不慎摔跤，導致頭椎損傷、顱內出血，也壓迫神經，造成四肢失去運動功能！天哪，怎麼會這樣？媽媽哭腫眼睛，爸爸也難過痛苦萬分；原本全家的歡笑聲，頓時變愁雲慘霧！

為了讓孩子的病情好轉，媽媽四處打聽、尋求名醫，也求神問卜；可是，兒子的病情卻沒有好轉，四肢無力，怎麼辦？媽媽在絕望時，曾想自殺、了斷自己。

然而，自殺不能解決問題。爸媽為了還清看病的負債，每天清晨三點多，就開始賣早餐，忙到中午十二點才結束；下午，爸爸在補習班教英文，媽媽則負責櫃檯行政工作。而在空檔之餘，媽媽總是叫永晏坐在旁邊，隨時教他識字、讀書。

「沒辦法呀，孩子的手腳沒力，就要教他多讀書啊！」永晏的媽媽，紅著眼眶對我說：**「我曾經把筆綁在永晏的手上，教他學寫字，可是，他的手就是沒力，沒**

辦法自己寫字。我也教他用嘴咬著筆寫字，可是，他太痛苦了！最後，我放棄了，只好教他『用腳代手』寫字。」

真的，天有不測風雲。突然間，孩子遇到了這麼大的磨難，在悲傷之餘，媽媽只能強忍起淚水，教著自己的兒子——「用腳寫字、用腳彈電子琴、用腳下棋、用腳打電腦……」因為，永晏只有竭盡所能地克服肢體上的障礙，才能戰勝挫折，使自己逐漸成長、茁壯。

如今，永晏已經唸國中二年級了。他曾經參加康軒舉辦的全國作文比賽，榮獲第一名——他的作文，是用「腳」寫出來的。他也學會游泳、愛說相聲、愛讀英文；他拿下相聲比賽第一名，也勇奪全校英文朗誦比賽第一名……

永晏不能跑、不能跳，但，他什麼都想學，也都很認真學。

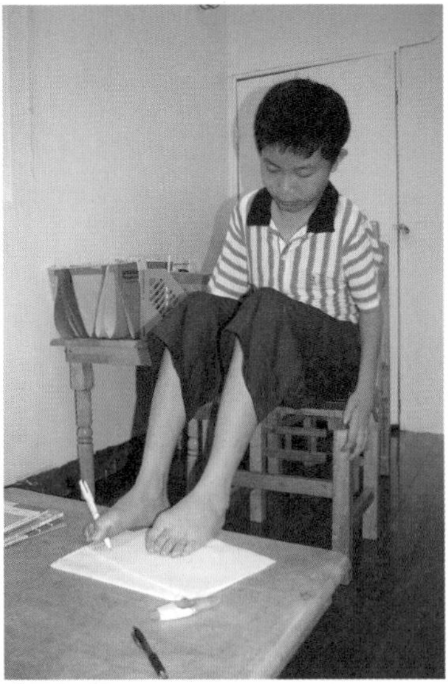

戴晨志　攝

小學畢業時，他得到最棒的「縣長獎」！他什麼都敢參加，因為，**只要報名參加、只要站上講台，就是戰勝自己，就是讓自己往前再跨出一大步。**

在永晏竹南的家裡，我看他專注地用腳彈電子琴，也看他用腳一筆一筆地用心寫字、寫作文。為了方便他用腳拇指夾筆寫字，爸媽將書桌的四腳鋸斷，平放在地上，讓他能用腳，慢慢地書寫。可是，寫錯了怎麼辦？永晏已練就了好功夫，用腳拇指夾著「立可白」，自己塗掉。

有一次，永晏的國文考九十九分，很棒！可是，為什麼沒拿一百分，只因他有一個字用立可白塗掉，卻沒塗乾淨，看起來像多了一劃，被扣一分。

「你萬一跌倒，自己爬得起來嗎？」我問永晏。

「爬不起來。」永晏搖搖頭說：「我的手沒力氣，沒辦法自己爬起來。」

在一旁的林媽媽接著說，有一次，永晏從樓梯上

戴晨志 攝

跌滾下來，門牙竟然撞得穿透了下嘴唇！他滿嘴都是血，門牙也撞斷了一半……這時，永晏笑了笑，露出了門牙——的確，他的門牙只剩一半，下嘴唇也有一條縫合的疤痕。

在作文簿上，永晏工整地用腳夾筆寫著：

「每個人都有屬於自己的夢想，而我的夢想就是——在籃球場上好好的與同學打一場龍爭虎鬥的球賽。當然，如此遙不可期的願望，我完全不敢奢望，所以，每節下課時，我總是一步一步蹣跚地，走到操場籃球場邊，輕輕地蹲坐下來，癡癡地看著同學在場上奔馳。

漸漸的，我竟陶醉其中、渾然忘我，感覺自己似乎身歷其境。得分時，我快樂得像蝴蝶一樣飛舞；失分時，心情就像烏雲密佈的天空，透露不出一丁點的曙光。我的心就有如波浪般起伏不定，隨著局勢而有所變化。

所以，每當下課鐘聲一響，我就到球場上專注地看著球賽，因為在那一刻，總能使我雀躍不已！球員的奔跑、球員的熱情，深深烙印在我的心裡，好像那個人就是我；那樣的求勝意志，使我感覺到有如展翅高飛的興奮……」

在和永晏的談話中，我看見他的樂觀和開朗。當他笑起來，還可以清楚看見半顆的門牙；而這半顆的門牙，也提醒他——**身為肢體障礙的學生，沒有怨天尤人、自暴自棄的權利。他知道，他一定要抬起頭、挺直腰，勇敢往前走！**而且，只要他敢繼續參加各項比賽、用功唸書，必能磨練自己、造就自己，將來成為一名正直不阿、人人稱讚的「法官」！

心靈小啟示

哲學家尼采說：「受苦的人，沒有悲觀的權利。」

的確，**當老天關了一扇門之後，自己必須勇敢地為自己開一扇窗、兩扇窗、三扇窗。**怨天尤人是沒有用的，只有「心無怨尤」地勇敢向前，樂觀微笑地充實自己，才能打敗命運的惡神啊！

人，不能預約下半輩子的「平庸」與「貧窮」！

人，要用毅力與堅持，來點燃生命的希望！

當後退無路時，唯有向前；哀聲嘆氣，帶來的總是錯啊！

所以，快為自己「打造一對信心的翅膀」吧！**只有為自己裝上信心的翅膀，人生才能翱翔高飛啊！**「人不怕才不夠，只怕志不立」，不是嗎？

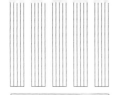

廣 告 回 函
台灣中區郵政管理局
登記證第 267 號
免 貼 郵 票

407

台中市工業區30路1號

晨星出版有限公司

收

客服電話：(04)23595819#230
傳　　真：(04)23597123
網　　址：http://www.morningstar.com.tw
郵政劃撥：15060393
戶　　名：知己圖書股份有限公司
各戶信箱：service@morningstar.com.tw

為了給您更好的服務，請費心詳填此卡，將此回函寄回本社，或傳真至(04)2359-7123，您就可成為晨星的貴賓讀者，並獲得一張電子 E-coupon 50 元優惠折價券。欲知更詳細的優惠方式，
請上晨星網路書店http://www.morningstar.com.tw查詢。

晨星事業群
Morning Star Group

晨星出版　讀者服務卡

謝謝您購買《說故事高手》

姓名：＿＿＿＿＿＿　性別：□男　□女　生日：　/　/

教育程度：＿＿＿＿＿＿

職業：□學生　□教師　□內勤職員　□家庭主婦　□SOHO族　□資訊業
□企業主管　□服務業　□製造業　□醫藥護理　□軍警　□銷售業務
□其他＿＿＿＿＿＿＿＿＿＿＿＿

E-mail：＿＿＿＿＿＿＿＿＿＿　聯絡電話：＿＿＿＿＿＿

聯絡地址：□□□＿＿＿＿＿＿＿＿＿＿＿＿

■你在何處購得本書？

□書店　□網路　□郵購　□贈閱　□其他

■請寫下閱讀本書的心得、建議或想對戴老師說的話：

＿＿＿＿＿＿＿＿＿＿＿＿＿＿＿＿＿＿＿＿＿＿＿＿＿＿＿＿＿＿

＿＿＿＿＿＿＿＿＿＿＿＿＿＿＿＿＿＿＿＿＿＿＿＿＿＿＿＿＿＿

＿＿＿＿＿＿＿＿＿＿＿＿＿＿＿＿＿＿＿＿＿＿＿＿＿＿＿＿＿＿

＿＿＿＿＿＿＿＿＿＿＿＿＿＿＿＿＿＿＿＿＿＿＿＿＿＿＿＿＿＿

＿＿＿＿＿＿＿＿＿＿＿＿＿＿＿＿＿＿＿＿＿＿＿＿＿＿＿＿＿＿

＿＿＿＿＿＿＿＿＿＿＿＿＿＿＿＿＿＿＿＿＿＿＿＿＿＿＿＿＿＿

＿＿＿＿＿＿＿＿＿＿＿＿＿＿＿＿＿＿＿＿＿＿＿＿＿＿＿＿＿＿

＿＿＿＿＿＿＿＿＿＿＿＿＿＿＿＿＿＿＿＿＿＿＿＿＿＿＿＿＿＿

＿＿＿＿＿＿＿＿＿＿＿＿＿＿＿＿＿＿＿＿＿＿＿＿＿＿＿＿＿＿

閱讀好書・豐潤心靈

練習說故事

在一場好的口語達中，包含著三個要素——「一、聲音的靈魂；二、肢體的靈魂；三、文字的靈魂。」

也就是說，故事要表達得好，「聲音的節奏和掌握」要很好，「肢體動作和臉部表情」要很適當；同時，「文字內容、故事本身要精采，用字遣詞也要精準，且具啟發性。」

此外，**講故事的人要有「自信」，態度要從容不迫。**自信，從哪裡來？自信來自一個人的「經驗、練習」，以及「參與度」。一名「說故事高手」，必須常把握機會練習，把故事內容講得「真實、精彩、生動、自然」。

此外，**親自涉入的「參與度」，也非常重要。**這篇永晏不畏挫敗、戰勝自己的故事，是我親自前往苗栗竹南拜訪林爸爸、林媽媽，也和永晏一起聊天，看他用腳彈琴、寫字，而寫出來的故事；我相信，親自參與、親自所見、親自體會，絕對比只看一篇新聞報導，來得深入和精彩。

所以，「文字的靈魂」、「語言的靈魂」很重要。當然，有些聽來的故事，我們也可以講得很好，但，親自了解、親自訪談、親自經歷的真實故事，會更具有生命力、更充滿跳躍的靈魂。也因此，全心全意地投入，或是主動涉入故事本身的人、事、物，都會使聽眾感受到「講者的熱忱」。

熱忱，是一種特質，它是帶有能力的，也是會散發出來的。**說故事人的「積極涉入」與「熱忱」，會讓聽眾「熱起來」，也讓聽者睜大眼睛——「哇，他是很認真、很特別、很投入的哦！」**

熱忱的態度，就像是汽、機車的「火星塞」一樣，可以使講者潛在的能力，爆發出來。也因此——

有一種熱忱，叫做——「親自參與、親自見證。」

有一種美麗，叫做——「信心的翅膀，讓人高飛。」

不要躲起來，要勇敢面對世界

說故事的人，要注意穿著、儀態、手勢

從一出生，我就是個很特別的孩子……

嘴巴裂到耳朵，

右邊耳朵縮得小小的，

右手特別短，還少了一個大拇指，

媽媽驚訝地說：

「我的寶貝全身上下找不到一個好的地方……」

每個人，都會有缺點；有些人，是外表的缺點，有些人是肢體上的缺點，有些人是智能上有缺點，有些人則是有控制不了情緒的缺點……

在溫世仁文教基金會舉辦九十六年度「書香滿校園」贈書暨徵文活動中，一共收到一一九一件參賽作品；其中，一位得到「特優獎」的小朋友——根若詩，是個很特別的孩子。

就讀於苗栗縣南庄鄉蓬萊國小二年級的根若詩，是賽夏族的原住民，也是個「多重障礙」的孩子。若詩一出生，就有「唇裂、顎裂、側臉裂」；而且她也有「小耳症」，耳朵不像一般小孩一樣正常；右手又「橈骨缺損」，只有四根手指頭，心臟動脈血管狹窄，肺只有一邊，還有「弱視」。

天哪，一個小女孩居然有這麼多的問題，所以她一出生，就馬上被送進長庚醫院小兒加護病房，一住就住了二十多天；而那時，她的嘴巴不能喝奶，只能用「鼻胃管」進食。

在根若詩三歲以前，因為臉上和身上多處器官都有缺陷，所以已進行過三、四次手術。也因此，媽媽根梅娟說：**「我的寶貝，全身上下都找不到一個好的地方！」**

這……這句話，聽起來真是令人難過、鼻酸啊！

媽媽說，當她第一眼看到女兒時，心中感到十分震驚和絕望——「怎麼會這樣？怎麼會小耳症、唇裂、顎裂、右手只有四指，只有一個肺……」

的確，當媽媽看到自己的女兒問題這麼多，真是哭死了；可是，怎麼辦呢？還是要勇敢面對問題啊！

於是，他們夫妻決定以正面的態度來教養女兒，也鼓勵她勇敢地走出去，而不是將她「藏起來」——用「勇氣」面對自己、樂觀面對世界上的一切。

如今，根若詩唸小學二年級，她喜歡畫圖、喜歡讀故事書，個性也很獨立。小時候她被其他的小朋友罵「妖怪」時，回家都不會哭，也不會說；不管別人如何譏笑她，她不反擊、不回應、也不哭泣；她在父母、老師的鼓勵下，慢慢地，走出自己，不在意別人用奇怪的眼光看她！她相信——「只要有勇氣、有自信、肯努力，我一定可以很棒！」

根若詩在參加比賽的文章中寫道：「從一出生，我就是個很特別的孩子……嘴巴裂到耳朵，右邊耳朵縮得小小的，右手特別短，而且還少了一個大拇指，媽媽驚訝地說：『我的寶貝全身上下找不到一個好的地方。』……

勇氣，就是勇敢面對真實的自己，讓我接受了自己的不完美……我希望我這份小小的勇氣，帶給大家更多的鼓勵。」

根若詩用心、認真地寫出她的心聲，也在參賽的稿紙上，用「左手」畫插圖——畫一個小女生，自己被一個「大大的勇氣和愛心」包圍住！這小女生，就是她自己；她在圖中舉出雙手，高喊：「耶，我最棒了！」

在領獎典禮上，根若詩勇敢地親自前往領獎，並接受記者採訪。她是九位「特優」的小朋友之一，卻也是最受矚目的焦點。她領了六千元的獎金，同時，微笑

地告訴大家——「我很高興，也很快樂，因為，媽媽每天都會對我說：『在爸媽心中，妳是世界上最完美的』、『媽媽最愛妳』……爸爸媽媽教導我『不要躲起來』，我一定要用勇氣，面對自己！」

心靈小啟示

一個人，不必是「最好」，但一定要「更好」！

沒有人是「十全十美」的，但一定要「力求完美」。

我們每個人都會有缺陷，但是，我們絕不能放棄自己；一個人，只要看重自己，勇敢地走出去，用愉悅、快樂的心情來愛自己，就可以讓自己的才華發光，並且照亮別人。

事實上，每次的比賽，都是一次挑戰。

我們要學習根若詩，小朋友，不看輕自己，勇敢跨出自己的腳步，因為，我們都可以「從比賽中增長智慧」啊！

所以，**「每個挫折、每個缺陷，都是上天賜給我們的禮物！」**即使我們的身體會有「不完美」，但我們的生命，卻都可以做個「完美的演出」啊！

有人說：「苦難越深沉，活得越美麗。」

有些人，是「含著金湯匙長大的」，也有些人家境好，人又長得很漂亮、很帥；可是，你知道嗎，口中的金湯匙，不代表它「永不生鏽」啊！

貧窮、有缺陷、有挫折，都不可怕；**身體即使有缺陷，但生性樂觀、積極進取、內心充滿喜樂、奮發向上的人，才是真正富有的人啊！**

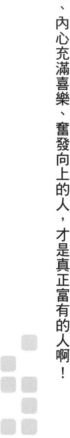

練習說故事

一個說故事的人，一站到台上，就是自己的形象展現，也可以說是，正在演自己的「形象廣告」。而這個「整個的你」的形象廣告，包含——「你的穿著」、「你的儀容」、「你的聲音」、「你的姿態」、「你的手勢」、「你的動作」……等要素而組成。

所以，**在講故事時，必須注意到自己的外表穿著、儀容、姿態、動作、手勢。**

站在台上說故事，緊不緊張？當然會緊張，但，你必須打扮整齊、得宜、表情自然，又和藹可親、有親和力，懂得拉近與聽眾的距離……換言之，你就是要盡可能地吸引人，做一個成功的說故事的人。

可是，這很不簡單啊！人一緊張，姿態就會僵硬、聲音也會發抖、急促，手腳也會不聽使喚啊！對，太緊張了啦！放鬆——放輕鬆——挺胸——深呼吸——充滿精神——不要被講桌限制住——左右走動一下——也可以走近聽眾——甚至，也可以自在地走進聽眾座位之中。

你，要有你的風格。說故事，不是站直不動！說故事，是要隨著劇情，放鬆走動，並做出最適宜的表情與手勢！可是，「手勢」要怎麼擺？——「一切力求自然就好！」

就像在講到本文根若詩小朋友的故事時，她有多重缺陷和障礙，有「小耳症、唇裂、顎裂、右手只有四指、只有一個肺……」等問題，講者的手勢，就可以隨著故事的劇情，自然地做適度的表現。

一般來說，講者站在台上，「最好避免做過度、誇大或粗野的手勢」，也不要「老是重複同一種手勢」。總之，說故事的人，**只要態度從容不迫、自信自謙、誠懇熱情，那麼，在台上的動作、手勢和姿勢，就會自如自然了！**

相反地，過度的「自卑」或「狂野」，也都是不好的，必須要盡可能地避免。

第四篇

溫馨與感動

在冰天雪地中爬行的校長

小新聞，也可以是很精采的故事！

「當我看見孩子們列隊為我唱歌、
陪我一起趴在地上爬行時，
我好感動！
這三小時的爬行，
是我一生中最艱困的時刻，
也是我最快樂的時刻！」

美國猶他州鹽湖城的土爾市，有個東區小學的校長路克，在九月開學時，就和全校小朋友約法三章：「如果全校小朋友都能認真閱讀，兩個月內能在家或學校閱讀書籍的總頁數，達到十五萬頁，我願意在十一月九日那天，用爬的，從家裡爬行到學校。」

當然，路克校長的這一番話，是鼓勵學生多閱讀；他認為，閱讀可以增進孩子的視野，啟發他們積極愛唸書的動力，同時，也用「激將法」來鼓勵學生多看書，而養成喜愛閱讀的好習慣。

其實，「閱讀十五萬頁」對這個小學校的學生而言，是個天文數字，不過，因著要看「路克校長用爬行到學校」，他們就很努力在家、在校勤快地閱讀；全校小朋友都興致勃勃，因為他們很想看路克校長「出糗」的樣子。

一個月的時間過去了，小朋友很誠實地統計，總共看了多少頁的書？五萬頁、六萬頁、七萬頁……哈，太高興了，目標快達成一半了！小朋友愈來愈興奮，只要一有空就拚命地看書。

一個半月到了，看了多少頁？九萬頁、十萬頁、十一萬頁……「衝、衝、衝！」小朋友們共同的信念是：**「我們一定要勝利！一定要超過校長預定的十五萬頁目標！我們一定要讓校長輸、讓他很難看地爬行到學校！」**

兩個月的期限終於到了，大家誠實地統計看看，總共閱讀了多少頁的書？十三萬頁……十四萬頁……十四萬五……十四萬八……十四萬九……十五萬……十五萬一……」哇，全校小朋友莫不高興地跳了起來，歡呼聲響徹雲霄——「我們贏了，我們做到了，我們閱讀超過十五萬頁了，校長要爬到學校了……」這時，全校師生幾乎是陷入瘋狂的狀態！真的，一想到校長必須要用爬的，從家裡爬到學校來，心裡就很爽；全校小朋友都好開心、手舞足蹈！

只有站在一旁的路克校長，好尷尬、好糗；他的臉，一陣白、一陣青，怎麼辦？他家到學校雖然不遠，只有一英哩（約一點六公里），開車、走路都很快，可是要「用爬的」，真的很慢、很難看啊！

然而，話已經說出去了，一個人最重要的就是「誠信」，尤其是身為教育工作者的校長，一言既出，駟馬難追啊！當校長的人，就一定要「說到做到」，絕不能食言而肥！

當然，敢發下豪語的路克校長深深知道，學生用心地達成目標，他絕對沒有後悔的權利。可是，你知道嗎，十一月九日當天，一場暴風雪才剛停止，這位於鹽湖城西邊五十公里的土爾市，留下了厚達三十公分的積雪。怎麼辦？積雪三十公分，天氣如此惡劣、酷冷，怎麼爬？滿地都是厚厚的白雪，要爬行一英哩，是很痛苦的。可是，「人，無信不立」，說出的話，一定要守信用啊！

最後，四十二歲的路克校長決定，做一個「有信用、絕不食言的人」！他戴上四副手套，也穿上四、五件衣服，外面再加上一件「不滲水的防水衣褲」，同時，也穿戴著護膝，從家裡，開始趴在雪地中，一步步地匍匐前進。

路克校長身上帶著行動電話，當地的社區電台也進行「實況轉播」，透過路克校長的手機，向全社區的居民和小朋友，報告他在雪地上爬行的進度。

一路上，開車經過的人，都不斷地向他按喇叭，並舉起大拇指，向他致敬；也有些人，把手伸出車窗外，不斷地向爬在雪地上的校長揮手、鼓掌、鼓勵！真的，這太不容易了！

而當路克校長快爬到學校時，小朋友個個穿著雪衣，沿路列隊唱歌，歡迎這一位「言而有信、值得尊敬」的校長；甚至，還有一些學生主動跟校長一樣，趴在地上，陪著校長一起爬到終點！

路克校長早上七點從家裡開始爬，抵達終點時，是九點四十五分；也就是說，路克校長為了實踐諾言，他雙手、雙腳跪在雪地上爬行將近三小時，才從家裡爬到學校。然而，滿臉已分不清楚是雪、是水、還是淚的路克校長，很興奮地說：**「真是太刺激了，當我看見孩子們列隊為我唱歌、陪我一起趴在地上爬行時，我好感動！這三小時的爬行，是我一生中最艱困的時刻，也是我最快樂的時刻！」**

心靈小啟示

「重然諾、守誠信」是一個人最重要的資產，可是，卻很不容易做到。往往我們的話說出口了，可是，後來卻反悔了，結果，就會大言不慚地說：「那只是跟你開玩笑、隨便說說而已啦！」

看看一些政治人物，經常話說出口，卻都是空頭支票，就像「放羊的孩子」一樣，一而再、再而三地撒謊，甚至臉不紅、氣不喘。可是，古人不是說「不誠無物」嗎？

我們每個人都要有「榮譽心」，也為自己的「承諾」和「誠信」負責！一個人若是口若懸河，也擁有三寸不爛之舌，卻沒有信用，又有何用？

「人的口才，若優於誠信」，必定會被別人看輕啊！

練習說故事

古人說：「天地俯拾皆學問。」的確，我們生活週遭之中，都有許多有趣、好玩或是感人的故事。

就像這一篇「校長重然諾，在冰天雪地中爬行」的故事，是一則短短的外電報導，但，在忠於「新聞原義」的原則下，我們可以將它「改編」，或是將內容「生動化、活潑化」，而讓聽故事的人，好像都能看到那幅「校長在雪地中爬行」的畫面一樣。

也因此，**「故事取材」很重要！生活中的真實經驗，或是新聞媒體中看到的有趣故事，都可以成為我們說故事的題材。所以，「小新聞、大道理」，即使是很不起眼的小新聞，都可以變成一篇很精采的故事。**

同時，講故事中最忌諱講一些「老掉牙的故事」。如果我們說的故事，別人早就聽過好多遍，或早就知道答案，就會失去它的「趣味性和精采度」。但，只要我

們多用心閱讀、收集，秉著「樂觀一切、笑看人生」的心情，就會發現——其實，我們身邊的精采故事太多了，講都講不完。

有一位佈道家司布真說：**「故事、例證就如同窗子，能讓陽光照射進來。」**

的確，故事與例證不是理論，是比較活潑、有趣的，它使人容易接受、容易消化吸收；就像看到一幅好畫，有明暗的對比、有美好的構圖、有圖案意涵、有可愛人物……它吸引人，也讓人喜歡。

所以，我們要學習隨時帶筆記錄、隨時用敏銳的心去看各種報章雜誌，我們就可以發覺許多很棒、很有意思的故事！

用「心眼」看見人間美景

講故事，要「會講」，也要「會演」！

有些事情，我們必須「閉上眼睛」，
用「心眼」來看，
才能看到那幅美麗的情景；
世界美不美，
不在於「我們眼睛看到什麼」，
而在於「我們的心中感受到什麼」？

很多基金會、慈善團體，或是醫院社會關懷部門，都一直默默地在社會各階層和角落，做一些服務人群的慈善美事。

曾經有某一個基金會，長期以來都收到一名署名「朱小姐」的捐贈。其實，朱小姐的捐贈不算多，每個月只有「兩千元」，但是，她的捐贈很固定，時間一到，就自動地捐贈過來，連續三年，從未間斷過。

也因如此，基金會的義工們都感念在心，因為很少人如此有愛心，持續、恆心地捐款，幫助基金會做好事。後來，就有一位基金會義工小姐，打電話給朱小姐，感謝她多年來的熱心義舉：「朱小姐，謝謝妳每個月都捐款給我們基金會，妳真是好心啊！不知道朱小姐妳什麼時候有空，可以過來我們基金會坐坐，大家互相認識……或是，妳也可以一起到我們基金會來當義工啊！」

「噢……謝謝你們啦！我捐那一點錢，也沒有很多，沒什麼啦！」朱小姐在電話中，很客氣地回答。

「其實，朱小姐妳不用擔心，我們基金會沒有什麼政治色彩，或宗教色彩，我們純粹是公益性團體，妳來擔任我們義工，不會帶給妳什麼麻煩的……」義工小姐說道。

「噢，是我……我不太方便啦！」朱小姐在電話中說：「我是很想去，可是，我的行動真的不方便啦！」

這時，義工小姐心裡想，基金會的會址是在一樓，如果朱小姐行動不方便，坐輪椅的話，也還算可以克服困難；所以，義工小姐就說：「朱小姐，妳是坐輪椅嗎？其實我們也有專車，可以去接妳過來哦！妳知道嗎，我們這裡的環境很不錯，義工們的感情也都很好，妳一定會喜歡的……」

此時，只聽見電話中的那一端，傳來了朱小姐羞澀的聲音說：**「對不起啦，我……我是一個盲人，我看不見，不能幫助你們做什麼事……我真的行動不方便，不能到處亂走……我沒念什麼書，我只能幫助人家按摩，賺一些錢來過日子……所以，我不能捐很多錢給你們，我只能每個月捐一點錢，請你們代替我，拿去幫助那些更需要幫助的人……」**

那時，義工小姐手握著電話筒，好久好久都說不出話來，眼淚也掉了下來。

幫助別人，是一件令人高興、欣喜的事。

您知道嗎，我們這個社會，雖然經濟不景氣，但，仍然有許多平凡的小人物，充滿愛心地去幫助那些卑微、受創或貧窮的人。只是，這些真正的愛心，錢數不多、不大，所以不受媒體青睞，沒有被報導出來而已。

事實上，**有些事情，我們必須「閉上眼睛」，用「心眼」來看，才能看到「那幅美麗的情景」**；就像那位朱小姐，她是盲人，眼睛看不見，但只要我們「閉上眼睛、張開心眼」，就可以感受到她真心付出的一份愛心。

所以，**「愛，就是在別人的需要上，看見自己的責任。」**

「愛，就是具體的付出和行動！」

世界美不美，並不在於「我們眼睛看到什麼」，而是在於「我們的心中感受到什麼」？

心靈小啟示

這篇小故事，是一直感動我的故事，我也常說出來和聽眾們分享。我們社會底層中，有許多人很平凡、卑微，但是他們——「人很小、愛很大！」——**他們從幫助別人的善心義舉之中，找到自己的心，也看見自己願意付出的愛，也找到「自己存在的意義」和「自我價值感」**。

一個人，一顆心，一份愛，一個一個累積起來，都可以讓我們的社會，更溫馨、更祥和！所以，**「愛，是動詞，不是形容詞！」**

有些人，真正用行動，付出愛，他的內心就充滿快樂；因為，「心存大愛，做小事」；事雖小，但將宇宙十方的小愛匯聚起來，就可以成就許多美善的大愛啊！

也因此，**「愛，是承擔，不是負擔；愛，是感動，更是行動。」**

一個人，只要想快樂，沒有不快樂的！

趕快付出一份愛和關懷，自己就會更快樂啊！

練習說故事

您知道嗎，講故事不能像在唸文章一樣，一個字一個字唸；講故事必須將故事全部內容，融會貫通，然後講者用自己的語彙說出來。

同時，**講故事時，不只是要「會講」，也要「會演」**，就像本文中朱小姐的故事，其中有一些電話中的對話，講者就必須模擬電話中的「語調和情境」來講。如果，是逐字地唸稿，就會降低其趣味性和臨場感。

其實，本篇故事最精采、最動人之處，在於朱小姐的最後一段話：「我……我是一個盲人，我看不見……我只能幫人家按摩，賺一些錢來過日子……請你們代替我，把錢拿去幫助那些更需要幫助的人……」

這段話，講得好，會讓聽的人，感動得掉下眼淚來！

但，若講不好，聽的人，仍是無動於衷，不會有什麼感覺。

也因此，**「聲音、語調」是需要練習的！自己必須練習到在講這段話時，真情**

流露、語調感性，甚至講到自己都感覺到「鼻酸」，別人聽了，才會心有戚戚焉、感同身受。

所以，請您不妨把重點內容，再多練習十次——記得，要有感性語調、真誠的表情，才能感動別人哦！

同時，說故事時，也必須「運用你的想像力」。因為，有些故事的真實經過，是不可考的，所以說故事的人就必須運用一些想像力，賦予故事生命力。

所謂「想像力」，就是說故事的人想辦法用更豐富的語彙，去「描繪」故事的情節和進行。譬如說，想像本文中的基金會義工，如何與朱小姐在電話中對話：「妳有空也可以來當義工啊！」「我們是公益性團體，沒有政治色彩，不會給妳添增麻煩的！」「是我……我不太方便啦……我的行動真的不方便啦！」

所以，一個人看的、聽的、想的、記的、經歷的愈多，就會有更豐富的想像力；而且，多勤加練習、常說給別人聽，就可以讓自己在表達語言中，更增加自己的揣摩、想像能力！

笑臉善待別人，就會遇見天使！

講「懸疑故事」，要炒熱氣氛，勿唱獨腳戲

從外表或穿著來看，
我們真的無法判別對方的身分；
但是，只要我們「態度親切、和藹可親」，
「笑臉常開、誠懇待人」，
就可以自己創造快樂，
也會遇見天使和貴人！

在速食店或餐廳裡打工、當服務生很辛苦，常看到形形色色的人，或遇見很嚕嗦、很挑剔的客人，所以，一天忙下來，累得要死，很難得有好臉色。不過，有些服務生個性樂觀開朗，時常面帶微笑、客氣待人，也帶給客人不同的感受。

在美國的堪薩斯州的哈欽森市，有一家蘋果蜜蜂（AppleBee's）餐廳；這餐廳，提供一般用餐飲料、美食，生意也很不錯。而這家餐廳裡的一名女服務生辛蒂・奇諾，在那兒專職工作已經八年，她每天看到不同的客人進進出出，始終笑臉常開、態度親切；不管碰到什麼問題，或難纏的客人，她也總是笑瞇瞇的，絕不臭著臉，也絕不動怒。

當然，我們每個人都喜歡看見一名服務生笑容可掬的，也因此，喜歡辛蒂的人也很多，大家前往蘋果蜜蜂餐廳用餐時，都好喜歡看到辛蒂甜美的笑容，以及溫柔親切的態度。

有一天，一名時常來光顧的男客人，又再度進來用餐，而三十五歲的辛蒂也是一樣，笑嘻嘻地接待這名常客，也為他帶位、倒冰水、點菜、送餐……那天，餐廳裡客人不多，所以辛蒂就很親切地多和這名客人聊天，談談天氣、聊聊時事，說說工作上的近況……

這名男客人到辛蒂的餐廳用餐大概有三年了，每個月都會來個兩、三次，每次也都會點名辛蒂來服務；而他給的小費一向很大方，通常三十美金的帳單，他都會給到十五美金的小費。而在這一天，當這名男客人用完餐之後，走到櫃檯付帳；這一餐，他總共吃了「二十六元美金」。但是，小費呢？在美國，小費不一定是給現金的，而是可以刷卡的。

您猜，這名常客、這名男客人，也就是女服務生辛蒂的粉絲，他付了多少小費呢？……我想，您一定猜不到！他在帳單上簽下「100」的數字。

哇，「一百美金」的小費，有夠多吧！不過，慢一點，還沒完，這名男客人手上的筆，還沒有放下；他微笑地看著辛蒂，對她說：「謝謝妳這麼好的服務，我每次來，都很開心！」說完之後，他在「100」後面，又添加兩個零「00」！

天哪，這是多少呢？**「100」再加上「00」，總共是多少？是「10000」啊！是**

「一萬美金」耶！這是開玩笑嗎？哪有人付「一萬美金」當小費的？

這時，男客人把帳單正面朝上，對著辛蒂說：「我很謝謝妳這麼好的服務，我要妳知道，我不是在開玩笑的！妳可以拿這筆錢，去買點好東西！」

辛蒂聽了，眼睛睜得大大的，驚訝得不知道說什麼才好？一萬美金，大約是台幣三十三萬元耶！我的老天，您大爺就不要開我玩笑了！還是，我是在作夢？

不，這不是玩笑，也不是作夢！當餐廳老闆麥尼走過來，幫忙用信用卡刷卡後，確認這筆一萬美金的刷卡費，是有效的！

後來，老闆麥尼說：「辛蒂是個極優秀的員工，她的表現非常優異，我以擁有這樣的員工，感到光榮！我一定會把這筆一萬美金的小費，交到辛蒂手中。」

而高興得不知怎麼辦的辛蒂則說：「我實在想不出來我做了什麼、有什麼資格得到這筆巨額的小費？……我希望他再度光臨，跟他說聲謝謝！因為，那一天我嚇呆了，我居然忘了跟他說謝謝！」

心靈小啟示

我們每天遇到很多陌生人，但我們不一定都知道他們的背景。在餐廳中，有些人可能是工程師、音樂家、總經理、教授、大亨……但也可能是升斗小民、小老百姓、家庭主婦、學生……

從外表或穿著來看，我們真的無法判別對方的身分；但是，**只要我們「態度親切、和藹可親」、「笑臉常開、誠懇待人」，有一天，我們都會「遇見天使」、「碰到貴人」的！**

相反地，如果我們臭著臉，或做事「心不甘、情不願」，對客人講話的態度也是愛理不理，那麼，每個客人都想逃之夭夭，哪想再給你小費？

你想要快樂嗎？**想要快樂，就要「自己創造快樂」！**

只要「面帶微笑、笑容可掬、善待別人」，快樂就會悄悄來臨啊！而且，「你，就是自己的天使啊！」

練習說故事

講述這篇「天上掉下一萬美金禮物」的真實故事時，最重要的是要「製造懸疑」！在鋪陳餐廳客人進出、女服務生的工作態度、與老客人互動之後，就要進入結帳、付小費的高潮了！

付多少小費呢？此時，就必須「拋問題」，讓聽眾去猜！台下人，一定會有很多答案——「二十元、五十元、一百元、兩百元……」各種不同的答案，會讓氣氛變得很熱絡。

或是，講故事的人也可以運用「第二人稱詢問法」，問道：「如果是你，吃了二十六美金（約台幣八百多元），你會付多少小費？」講故事的人可以讓大家七嘴八舌地猜！萬一猜的人少，也可以指定附近幾個人站起來回答。

講這種「懸疑型故事」，就是要炒熱氣氛，絕對不能自己一人唱獨腳戲！講故事的人，就是節目主持人吳宗憲——「你猜、你猜、你猜猜猜」！也因此，「最

後答案」不能太早公佈，甚至還要故意拖延、故弄玄虛，讓大家以為是「一百元美金」！但，真正的答案是，後面還要加「兩個零」，變成「一萬美金」。

你應該會有一種經驗——「如果你在某一個場合中說故事，說得很成功、很精采，你回家的路上，一定感到非常高興、非常愉快；相反地，如果你說的故事是失敗的，是不精采的，那麼，回家的路上，一定覺得很懊惱、很難過，好像被別人拿鞭子打過一樣。」

但是，要如何使自己的故事說得好呢？**就是要練習、要製造懸疑、要製造精采的互動，要懂得製造機會讓聽眾回應，來炒熱氣氛。**

所以，「拋問題式」的說故事技巧，可以增加聽眾的參與感，讓大家一起想答案、講答案，也讓大家在聽故事時，更為專心；最後，對故事的印象和啟示，也更為深刻！

「滑鐵盧」的黑白說

講故事前，要用心朗讀、演練手勢

在這裡，
曾有五萬人慘死、長眠於此……
然而，現在的「滑鐵盧」，
卻是一個靜悄悄、
少有人煙、少有聲音的紀念旅遊景點，
這，豈不令人不勝唏噓？

您知道，「滑鐵盧」（Waterloo），這個名詞，是什麼意思嗎？這是一個村子的名稱；這個村子雖然很小，卻非常有名，因為，它就是法國名將拿破崙戰敗被俘的地方。

可是，「滑鐵盧」是在哪一個國家，您知道嗎？是法國、英國、瑞士，還是奧地利？噢，都不是，它是位於比利時首都布魯塞爾南部的一個小村子。

有一年，我到比利時去玩，也特別前往「滑鐵盧」這個全世界知名的小村子，去看看它現在成為什麼樣子？

一八一五年時，拿破崙曾經戰敗，而被關在厄爾巴島，可是戰勝的「反法聯盟」卻在維也納會議上，因戰勝的利益分配不均，而不停地爭執。拿破崙得知消息後，就在月黑風高的晚上，趁機逃離厄爾巴島，坐船潛返回巴黎，重登皇帝大位；同時，也在死裡逃生之後，再四處招兵買馬，企圖東山再起。後來，英國、普魯斯、奧地利、俄國等國，眼看頭號敵人拿破崙逃走了，就停止爭吵，大家團結一致，務必把拿破崙徹底毀滅！

於是，英、普、奧、俄等國，形成「第七次反法聯盟」，也集結了七十萬的重兵，準備分頭進攻巴黎，把拿破崙的軍隊一舉殲滅！

而拿破崙呢？當時他是沙場老將，更是軍事天才；他不斷操兵演練，也把法國軍隊向北推進到比利時。當拿破崙的部隊到達「滑鐵盧」時，與六萬名英國軍隊相遇，而進行一場殊死戰。

當時，法國與英國的軍隊，都為自己的祖國而勇往衝鋒陷陣、英勇殺敵，所以戰事十分慘烈，到處都是血流成河、屍體遍野。可是，在嚴寒的冬天，援兵一直無法到達，糧食、飲水也極端缺乏，怎麼辦呢？

拿破崙的軍隊北征到比利時滑鐵盧，卻在嚴冬雪地中，陷入了腹背受敵、進退不得、又無援兵的困境；相反地，英國軍隊卻幸運地獲得三萬名趕來的援軍幫助！也因此，拿破崙率領的軍隊節節敗退，士兵受傷、斷腿、無糧、無水，各個又渴又餓；最後，法國軍隊在酷冬當中潰散、慘敗、投降。

在這次俗稱「滑鐵盧」的戰役中，法國士兵死亡三萬兩千人，反法聯盟的士兵，也戰死了兩萬三千人。後來，拿破崙被逮捕、俘虜之後，被放逐到大西洋的聖赫勒拿島，過著孤獨、淒涼的日子，一直到他死去。

而為了紀念在滑鐵盧戰役中犧牲的士兵，昔日的血腥戰場，如今被改建成「滑鐵盧獅子山」。我站在山丘上，往下看看四周——這，就是舉世聞名的「滑鐵盧」，也是十多萬人不停地「喊殺、喊衝」的殺戮戰場；**在這裡，曾有五萬多人慘死、長眠與此……然而，現在的「滑鐵盧」，卻是一個靜悄悄、少有人煙、少有聲音的紀念旅遊景點，這，豈不令人不勝唏噓？**

我想，我們都曾經用「慘遭滑鐵盧」來形容一個人——形容他意外的挫敗，或陰溝裡翻船，所以「滑鐵盧」對我們用詞的人來說，它是一個「失敗」的代名詞。

可是，假如你到英國、奧地利等國去玩，你會發現當他們在慶賀勝利時，他們會大聲歡呼、振臂大叫：「Waterloo! Waterloo!」（滑鐵盧、滑鐵盧！）這是為什麼呢？

因為，對他們「反法聯軍」等戰勝國而言，**「滑鐵盧」不是「失敗」的代名辭，而是一個令人雀躍、歡呼勝利、值得慶祝的美好象徵**，也是「光榮勝利」的代名詞，值得後代子孫驕傲、歌頌！

所以，**有時候我們以為自己的想法「絕對正確」，可是卻不盡然；就像我們用「滑鐵盧」來形容一個人的大挫敗，別人卻用它來慶祝光榮的勝利啊！**

心靈小啟示

的確，在英、奧等國家，一提到「滑鐵盧」，那是一個勝利、快樂的名詞。所以，如果問一個英國大學生：「籃球比賽最後結果如何？」當他打贏了，他會滿臉笑容地回答：「滑鐵盧（Waterloo）！」

此時，你必須知道——**這「滑鐵盧」，不是「慘敗」，而是「勝利」啊！**

所以，在英國，四處可見用「滑鐵盧」來命名的建築物；例如，一座跨越倫敦泰晤士河的大橋，就命名為「滑鐵盧橋」（Waterloo Bridge）；英國最大的車站就叫做「滑鐵盧車站」（Waterloo Station）。

好不好，現在請您「伸出左手掌、伸向前」，想想，您看到什麼？對方看到的是「手心」，我們自己卻看到「手背」，是不是？同一個物品、事件或名稱，因雙方的立場和角度不同，就有不同的解釋和看法啊！

也因此，有時我們自認「我絕對正確，別人是錯的」，但別人的想法有可能也是對的，只是立場不同、想法不同而已啊！有時，我們也會把自己的想法和價值觀，強加在別人的身上，而忘記別人的感受，是不是？

所以，**如果我們能多站在對方的立場著想，不要太固執己見，就可以減少一些無謂的衝突和歧見。**

練習說故事

在我們生活週遭、或旅遊中的所見所聞，都可能是很好的說故事題材。上述的故事，是我在比利時滑鐵盧村的親身經歷，自己將它記錄，並上網查詢資料而寫出來的。

當然，童話、繪本中的故事，內容都很有創意或吸引人；但，過去的歷史或真實社會中的一些事蹟，也都很具啟發性，都值得我們講述給孩子聽。

可是，**在講故事前，我們要用心將故事「朗讀」幾遍。**我們千萬不要以為「朗讀」是很無聊、無趣、可笑的事；**朗讀可以讓我們更了解故事的前因後果、來龍去脈，也讓我們更熟悉故事內容中的用詞遣字。**

當然，故事的最後，一定要有「啟示性」。本篇故事中的重點，在告訴聽眾——「有時我們自以為對的事，不一定百分之百絕對正確；我們以為別人是錯的事，別人也可能是對的，只是大家看法、角度、立場不同而已！」

所以，講故事的人在說「伸出左手掌、伸向前」時，就要具體地做出動作，這樣就可以讓別人真正感受到——同樣是手掌，對方看到的是「手心」，自己看到的卻是「手背」；自己看到的是一面，別人看到的，卻是另一面，不是嗎？

其實，說故事的人，不一定都是要直直站立地講；**說故事的人，必須懂得「走動」，來吸引觀眾的目光。**如果，只一直站在某處不動，則聽眾的目光會產生「疲倦感」；所以，走動式的說故事，會讓聽眾不停地找新目標來「聚焦」。

同時，如同先前所說，「手勢、動作、影片或道具」的運用，也是可以讓聽眾的眼睛，有新的注視焦點，才不會疲乏。

所以，**在說故事時，要適時穿插「手勢、動作與道具」，來放鬆講者的緊張情緒，增加輕鬆的氣氛。**說故事的人，要態度輕鬆、自若，才不會顯得緊張，才能從容優雅地說出好聽的故事。

活得老，也要活得很漂亮！

用實物和圖片，讓故事更加「具象化」

阿嬤扛著二十公斤重的裝備，
穿著軍人的「迷彩裝」；
她不是去打仗，
而是汗如雨下地悶在酷熱的偽裝帳篷中，
等待鳥兒的出現，
也拍攝鳥兒築巢、哺育雛鳥的生態。

現年六十五歲的老媽媽邱盧素蘭，個子很嬌小，只有一百五十公分。她的右臉，有一塊胎記，可是，她從來不因為臉上有胎記而羞於見人；相反地，她笑臉常開，臉上經常充滿喜樂。

當了四十多年的家庭主婦，有夠辛苦了。如今，孩子長大了，成家立業了，該是含飴弄孫的年紀了。可是，素蘭阿嬤並不想這麼沒目標地過日子，她報名新店松年大學的數位攝影課，想學學拍照。

年紀大，眼睛老花，有時拍照時，右手還會微微顫抖。可是，既然報名攝影課，就要好好專心學習。老師面對一群都是銀髮族的阿公、阿嬤，教他們一些簡單的風景、花草或人物的攝影，可是，素蘭阿嬤只喜歡「拍鳥」。

「拍鳥」，好不好拍？當然不好拍！因為，風景、花草都是靜立的；人，也是可以靜止不動的，所以比較容易拍。而鳥呢？牠不受人控制，牠想飛走，就飛走；想棲停，就棲停。拍鳥，難度實在是太高了。

然而，素蘭阿嬤卻不氣餒，她總是很有耐心地等待鳥兒出現。

小時候，素蘭住在山邊，哥哥常帶她到樹林裡，看一種名叫「綠繡眼」的鳥窩，所以她很喜歡看鳥。年輕時，素蘭也曾在照相館打過工，對攝影有些興趣；如今年紀大了，但希望成為專業攝影師的夢想，卻一直深藏在她的心中。

「走吧，去拍鳥吧！」素蘭阿嬤勇敢地走出自己，朝自己的夢想前進。

去拍鳥，不是「去拍個鳥」！**拍鳥，很辛苦，也很耗精神和體力；素蘭阿嬤曾經為了拍白鷺鷥，在碧潭站了一整天。**鄰居一早出門看到她，吃過午飯、睡完午覺之後，還看到她站在岸邊，天哪，太辛苦了！鄰居忍不住拿個椅子讓她坐。

當然，素蘭阿嬤的攝影技巧也因不斷學習，而日益精進！她的兒子邱銘源，也買了專業「大砲鏡頭」，做為母親節的禮物。您猜猜看，相機、大砲鏡頭，加上腳架，重量有多重？總共有二十公斤重。可是，素蘭阿嬤卻樂此不疲！**她穿著軍人一般的「迷彩裝」，扛著重裝備，不是去打仗，而是汗如雨下地悶在酷熱的偽裝帳篷中，等待鳥兒的出現，也拍攝鳥兒築巢、哺育雛鳥的生態。**

「我喜歡拍鳥，因為，母鳥哺育小鳥的畫面，就像我過去幾十年扶養小孩長大的過程一樣。」素蘭阿嬤看鳥、拍鳥，不管上山下海，永不嫌累。她在台大醉月湖畔拍五色鳥、灰掠鳥、樹鳥；到金門拍雀鴝；她也啃著饅頭，在野柳海邊，長期守候，竟看到新的過境鳥種——一種繁植於俄羅斯及西伯利亞、朝鮮和日本，卻在冬天飛來的珍奇鳥「棕眉山岩鷚」，一時成為鳥界大震撼的事。

後來，《大地地理雜誌》還特別邀請素蘭阿嬤開闢專章，報導她全心投入拍鳥的背後點滴，來鼓勵銀髮族，勇敢地走出自己的生命。

如今，素蘭阿嬤的老伴也退休了，也加入銀髮族攝影兼司機的工作；而媳婦則是負責挑選照片、維護部落格，讓婆婆的飛羽攝影的美夢，得以成真。

素蘭阿嬤的精采攝影作品，經常在攝影比賽中獲得大獎，也開過多次的攝影展。她於三年之內，克服聽力缺陷，窮盡老花眼力，已經拍攝兩百五十多種鳥類的照片。而且，**她更榮獲第三屆「Keep Walking夢想資助計畫」的一百二十萬元贊助，將遠征到候鳥繁殖最多的印度、斯里蘭卡、北海道和加拿大等地，去拍出更多的美麗飛鳥，並上傳網路，作為各級學生自然生態的教材。**

心靈小啟示

史丹佛大學醫學院的華特博茲（Walter M. Bortz）教授，曾對生命下一個註解：

「如果我們都會老，那麼，最好儘可能地活得老，也活得好！」

的確，我們每一個人都會老、都會死，可是，我們是不是都「真正活過」呢？或是，「活得很漂亮」呢？

年輕時候，或許我們有許多夢想，還沒有機會實現，但，如果有機會，我們可以再將未完成的夢想，趕快促使它美夢成真啊！

一個人追逐夢想，永遠不嫌晚！每個人的生命，就是要「Keep Walking」，繼續往前走、絕不停歇！

因為，**「人不怕慢，只怕站！」「人不怕老，只怕舊！」只要願意往前跨出一步，生命就會多一分美麗色彩啊！**

所以，「心不難，事就不難啊！」

練習說故事

這是一篇年老阿嬤「逐夢、築夢、圓夢」的故事，提到素蘭阿嬤如何報名學習攝影，鍥而不捨、辛苦拍攝飛鳥的過程。

當然，**說故事時，若有真實的各種珍貴飛鳥的照片，就會更有「真實感」和「說服力」**。在素蘭阿嬤的部落格中，有無數的飛鳥影像，也有罕見的過境鳥種，也有許多母鳥哺育幼鳥的鏡頭……。假如，在說故事時，能輔以部分珍鳥照片，就可以讓聽眾看見——素蘭阿嬤認真、用心，一步一腳印的攝影成果。

所以，**使用「道具」、「實物」或是「照片」，會使故事內容更加「影像化」和「具象化」，來引起聽眾的共鳴或感動；**否則，缺乏實體影像，就會欠缺故事的說服力和真實感。

而在展示照片、圖片時，如果能配上一些合適的「背景音樂」，也可以讓現場氣氛變得更好。

同時，柔和的「背景音樂」大部分是用來襯托一些敘述，或圖片的展示，最好不要用在「對話」，免得干擾到對話的進行。

另外，**在講到「故事啟示」時，說故事的人必須有「充滿陽光的正面態度」和「堅定的語氣」**，例如：

「我們都會老，但要活得老、活得好！」

「我們都會死，但我們要真正的活過，也要活得很漂亮！」

「追逐夢想，永遠不嫌晚；我們都要Keep Walking！」

「人不怕慢、只怕站；不怕老、只怕舊」……

這些重點啟示，必須說得清楚，說得充滿信心、充滿希望，讓聽眾從故事語言中，得到無比的振奮與鼓舞！

第五篇

立志與成功

揹起行囊，勇闖綠島天涯

運用「對話」，增加故事的戲劇性

知道自己要什麼，
是一種幸福；
知道自己不要什麼，
則是一種深刻的體會和智慧！
人因為不足，
所以才要學習成長。

最近在演講會上，有人舉手問我：「戴老師，你年輕的時候，有沒有做過什麼很瘋狂的事？」這個問題，讓我的思緒回到年輕時的光景；於是，我告訴大家，我曾經做過一件瘋狂的事……

那時，我唸藝專二年級，寒假過年、大年初一時，我向爸媽告別：「爸、媽，我不在家過年了，我已經買好火車票了，我要到綠島監獄去了……」我爸媽也知道，他們這個兒子做事很有計畫，阻撓也沒什麼用，所以就讓我一個人離家——到綠島監獄去。

我沒有哥哥或弟弟在綠島監獄，我不是去「探監」；我只是想「挑戰自己的勇氣」，自訂一個瘋狂的計畫，去完成一項「不可能的任務」——**也就是進去綠島監獄，看裡面長什麼樣子？而且，政府是不是在加蓋監獄，來關更多的政治犯（這是當時在野黨的說法）？**

就這樣，我揹著背包，一大早坐上火車，從台北前往台東；然後，再搭小飛機到綠島。那是九人座的小飛機，當我坐上飛機、綁上安全帶時，心裡真是有點怕怕的。但，事情不能改變了，我要獨自去完成不可能的任務；我的「遺書」也寫好了，前面的道路，都不可知、不可測，我不能回頭，只能勇敢向前！

飛機平安降落了，綠島機場很小，很簡陋。少數幾個乘客，都被自己的親友接走了，留下孤零零的我。那是民國六十九年，綠島很純樸，沒什麼建設，道路也小小的。我揹著背包，深深地吸了一口氣，勇敢地徒步往前走。

大約走了三十多分鐘，看到一個小教堂。我按電鈴，終於有人來開門。他是牧師，是奉獻自己在綠島傳教的牧師。我告訴他：「我要去綠島監獄，可是我沒有交通工具，可不可以向您借一輛腳踏車？」牧師看我不像是壞人，而且遠道從台北來，又一副孤獨、可憐的樣子，就答應借我腳踏車。

好高興、好開心哦！我騎上腳踏車，覺得「終於有風了，不用再走路了！」我沿途問人家：「綠島監獄在哪裡？」別人都奇怪看著我，問我：「你要去綠島監獄幹什麼？」「沒事、沒事，我只是想進去裡面看看。」我懶得解釋太多。

後來，終於找到監獄了。可是，那座牆，又厚又高，我如何進去？銅牆鐵壁般的監獄，除非有人來開門，否則我是不可能進去的。那時，我心裡怦怦跳，怎麼辦呢？可是，我還是鼓起最大勇氣，按了監獄的電鈴，一警衛從鐵門上的小洞問我：

「你要幹什麼？有什麼事？」

我嚇死了，吞吞吐吐地說：「我……我從台北來，我要找典獄長，我來看他……」警衛通報後，典獄長也很驚訝：「怎麼會有人大年初一到綠島監獄來看我？」典獄長很好奇，想知道這小毛頭是誰？於是，警衛帶著我，經過層層戒備森嚴的鐵門。

此時，我心裡好悸動——天哪，我終於進入綠島監獄了！

進入典獄長辦公室，他，是個大光頭，沒有一絲頭髮，態度頗為和藹。在這大年初一的春節，監獄少有訪客；典獄長在知道我的想法後，竟熱忱地招待我。他說，他太驚訝、太意外了，因為從來沒有一個年輕人，有如此瘋狂的舉動和勇氣，敢一個人獨闖綠島監獄。

當然，典獄長是破例讓我進去參觀，但他不准我拍攝，只能用眼睛看、用心觀察。那一間間的牢房，關著全台灣最難管教的重刑犯；那獨居房，受刑人被上了腳鐐，真是插翅難飛。

不過，也有表現好的受刑人，可以擔任雜役、廚師、木工……等工作；我甚至和他們聊天，也看著他們手臂、胸前的龍虎刺青。

您知道嗎，後來我請求典獄長：「可以讓我在這裡住一晚嗎？我想體會『住在綠島監獄』的感覺。」

我深信——「只要態度誠懇、勇敢開口，就有機會。」

典獄長想了想，有點為難，但看到這個年輕人沒地方住，有點可憐，就說：「好吧，就讓你住在招待所裡好了！」

哇，太棒了，我真的可以住進綠島監獄了，我太興奮了！

那天，綠島的夜裡，好靜，靜得有點可怕！沒有「綠島小夜曲」的旋律，只有一片黑暗籠罩著。半夜時分，我站在二樓窗口，看著監獄內的重重鐵門；在這幽暗的燈光下，我記起典獄長所說：「在除夕夜裡，有些受刑人吃不下飯，看著桌上豐盛的菜餚，就哭了起來！」

的確，今天是大年初一，誰不想和父母、妻女團圓？誰願意在綠島監獄裡，上著手銬、腳鐐過年？然而，這是受刑人壞事做盡的悲慘下場，而他們，也有像小孩一樣的哀愁和心痛。

當然，瘋狂獨闖綠島監獄的故事很長，但，人生就是要「敢想、敢要、敢得到！」假如，我們一生沒有目標、計畫，也沒有膽量去嘗試，那麼，人生就只有平庸而已！

所以，許多天才，都因「缺乏勇氣、光說不練」，而一輩子一無所成。

我不是天才，但我希望自己是個「有勇氣、有毅力、敢實踐」的人！只要我們有**「強烈的企圖心」**、**「說做就做的積極動力」**，**就可以活出有創意的生命啊！**

心靈小啟示

有些學生對我說：「戴老師，這個暑（寒）假，我好無聊哦！」的確，假如你不知道如何安排自己的生活、不知道自己如何過日子，假期太長，真的是很無聊！可是，一個人要知道自己「要做什麼」和「不做什麼」啊！充實安排自己的生活，需要計畫、勇氣，以及積極的行動力！因為——**「知道自己要什麼，是一種幸福；知道自己不要什麼，則是一種深刻的體會與智慧！」**

事實上，人因為不足，所以才要學習成長。成長，不是只指唸書、準備考試；成長包括以具體的行動走出去、勇敢地去面對一個全新、陌生的世界，讓自己去摸索、去探究、去達成自己設定的目標。

所以，**「用心生活」、「用心觀察」與「細心體會」，是我們都必須學習的功課**；只要認真、用心經營自己，主動關心週遭的事物，則我們平凡、平淡的生活中，必定會有美麗的發現和芳香的滋味！

練習說故事

我們經常說別人的故事，可是，別人的故事雖然精彩，卻不是自己的親身經歷。所以，有時我們可以用心想一想——「這一生之中，我有哪些故事是很精彩、可以跟別人分享的？」「我有沒有做過什麼很瘋狂的事，可以告訴大家？」

因為，自己的故事，發生在自己的身上，感受最直接、最真實、最動人。在講述自己的故事時，那一幅幅的場景，就歷歷在目，別人看不見、講不出來；我們自己，卻因真正看過、走過、經歷過，就可以比別人講得生動！

譬如：「我是如何向父母說，我要去綠島監獄？我是如何搭小飛機？如何向教會牧師借腳踏車？如何鼓起勇氣按監獄大門的電鈴？看到典獄長的感覺如何？又如何說服典獄長讓我在綠島監獄住一晚？……」

這些過程，就是因為親身經驗、走過，才能說得真實、動人！

講述一則真實、冒險的故事，秘訣在於告訴大家——**「如何使一些原本看似不**

可能的事，成為真實，也為你的故事注入新奇、新鮮的生命氣息；這些事，可能都是塵封已久的往事，可是卻因著我們生動的敘述，而再度活潑了起來。」

所以，**在講故事中，我們要多描述一些場景，來讓聽眾有多一些臨場感受；**這也就是說，要多用一些「豐富的形容詞」、「生動的詞彙」，也多用吸引人的聲音表情、臉部表情，而讓場景栩栩如生、活潑有趣，也讓讀者和聽眾，熱熱地感受到正在進行的故事和畫面。

同時，我們也要多運用一些「人與人的對話」，因為「對話與對白」，可以增加故事的戲劇性和可聽性！

例如，我是如何在監獄大門外按電鈴，與警衛對話：「你要幹什麼？你有什麼事？」「我……我從台北來，我要找典獄長……」甚至，我進入監獄後，又要求典獄長：「可以讓我在這裡住一晚嗎？我想體會『住在綠島監獄』的感覺……」

使用「對話、對白」得宜，就可以讓我們的故事，說得更有趣味、更生動！

立志活得更快樂

用「豐富的臉部表情」說故事

「有夢，總比沒夢好！」
我們只要有呼吸，就有希望！
雖然有時我們遇到意外、劫難，
但我們都不能對自己絕望，
因為，再大的困難，
都會有「絕處逢生」的契機！

你喜歡「衝浪」嗎？當然，在台灣，玩衝浪的機會很少，大部份都只在電視上看衝浪表演。

在美國夏威夷有個十三歲的女孩，名叫貝塔妮．漢米爾頓；她長得很高䠷、漂亮，衝浪技巧也很棒，是夏威夷衝浪界的明日之星，已經有許多廠商贊助她，計劃培養她成為最亮眼的衝浪職業選手。

有一天，她在最喜歡的衝浪地點，躺在衝浪板上休息，享受著微風的輕柔吹拂……可是，這時貝塔妮發現，好像有一團灰色的東西向她逐漸靠近；說時遲，那時快，貝塔妮突然驚覺到——「完蛋了，完蛋了，我的左手臂被咬住了！我被鯊魚咬到了！」

就在這兩、三秒之間，貝塔妮被鯊魚緊緊咬住左手臂，整個人被盪在半空中，甩來甩去！天哪，怎麼辦？貝塔妮覺得左手好痛哦！可是，她甩不開鯊魚；而且，她眼睛看著身邊的海水都被血水染紅了，左手真的痛死了。這時，貝塔妮心想，「我真的完蛋了，我可能就快死了，鯊魚可能會把我咬死……」

不過，貝塔妮心念一轉——「不行，我不能死，我要和鯊魚拼命！」貝塔妮用右手死命地抓住衝浪板，因為，衝浪板有浮力，只要緊抓住衝浪板，就不會被鯊魚拉入水底。後來，貝塔妮拚命地抵抗，也被鯊魚左右不停地甩擺，但沒有被拉到水底，最後，幸運地被鯊魚放開，撿回一命。

這次被鯊魚攻擊事件，發生得太快、太突然了！獲救的貝塔妮失去全身一半以上血液，也立刻被送到醫院急救。為了救回貝塔妮的性命，醫生決定切除她的左手臂。

而在一個多星期拆線出院時，她的哥哥看到她無臂的截肢縫合傷口，臉色發白，媽媽也幾乎昏倒；祖母呢，則是在病房外哭個不停！「怎麼辦？這麼漂亮的女孩，左手被鯊魚咬斷，沒有手臂了，以後怎麼辦？」

和貝塔妮一起衝浪的目擊友人說，當貝塔妮被鯊魚咬住手臂時，她並沒有大叫或驚慌失措；而在療傷期間，貝塔妮從頭到尾也都很鎮定，從未悲慟、掉淚。她告訴來訪的親友們，她要以積極樂觀的態度，去面對人生，也打算等手臂傷勢復元後，再重回大海中，再去衝浪、再展身手！

貝塔妮說，她想再去衝浪，並不是想做給別人看，而完全是為了自己。她說：「如果我不去衝浪，我永遠不會快樂！」

十個星期之後，貝塔妮真的重拾衝浪板，單手站上衝浪板，展現馳騁浪頭的英姿；雖然她沒拿下全美中等學校衝浪的冠軍，而只得到第五名，但她說：**「感謝上帝，這是不錯的開始！只要站上衝浪板，我就很快樂！我還想裝上義肢，再彈吉他呢！」**

心靈小啟示

您知道嗎，「有夢，總比沒夢好！」

一個人活著，都要有「夢想和希望」，讓自己追尋。

所以，曾經贏得諾貝爾文學獎的作家索爾貝婁，在八十七歲時還在波士頓大學開現代文學的課。他說，我的腦子裡裝滿著稀奇古怪的俗諺，其中一句是：**「只要還有一口氣在，就有希望。」**（While I breathe, I hope.）

的確，我們只要有呼吸，就有希望！雖然有時我們遇到意外、劫難，但我們都不能對自己絕望，因為，**再大的困難，都會有「絕處逢生」的契機啊！**

也因此，當我們立志做大事、做大官，或賺大錢之時，我們也可以**「立志活得更快樂」**！

因為「每天活得更健康、更快樂，比起沒目標、迷失自己，或每天愁眉苦臉」，來得更有意義啊！

練習說故事

在講故事時，除了「聲音變化」之外，「臉部表情」也是很重要的！**人的「臉部表情」也是一種語言，他告訴聽眾，故事的劇情和氣氛——「平緩、緊張、恐怖、懸疑、好笑、感動、或是悲傷、痛苦……」**

所以，講故事的人，必須因著故事劇情的進行，讓臉部表情做更豐富的變化！假如站在台上說故事時，聲音平淡無奇，臉部表情也沒有任何喜、怒、哀、樂的變化，怎能引發聽眾的興趣和注意力呢？

就如同在本篇中的故事，貝塔妮被鯊魚咬住左手臂，她被鯊魚咬在半空中甩來甩去——「好痛、好痛……不行、不行，我不能死，我要和鯊魚拚命……身邊的海水，被血水染紅了，我完蛋了，左手好痛……」「我要拉住衝浪板、我不能被鯊魚拉入海底……」

這些劇情，一定要用很誇張的「聲音、動作」，配上「驚恐、慌張、急切、焦

慮」的臉部表情，讓說故事的效果更為生動、逼真。

當然，在故事回歸到平靜時，「聲音與臉部表情」也必須做不同的變化——「如果，我不去衝浪，我永遠不快樂！」「只要站上衝浪板，我就很快樂！我還想裝上義肢，再去彈吉他呢！」「有夢總比沒夢好！」……此時，臉部表情就得充滿「喜悅、樂觀、希望和微笑」！

一個擁有「豐富臉部表情」的人，他的臉，也在說故事！

不管是擠個眼、挑個眉、做個鬼臉，或驚駭恐懼，或痛苦不已、失望至極……「臉部表情」就是肢體語言的展現，也是說故事高手必修的功課。

感謝「扯後腿」的人

「眼神交會」，會讓聽者產生情感

在我們一生中，
若沒有別人的嘲諷、歧視和刁難，
可能我們都還在「舒適圈」裡，
原地踏步。
可是，那些瞧不起我們的人，
很可能就是激勵我們向上的貴人啊！

曾經看過一則令我印象深刻的故事——二十多年前，有一個年輕人，高中畢業，當兵退伍回來，沒有一技之長，就到一家印刷廠擔任業務員。其實，業務員的工作，就是送貨，他必須把印刷、裝訂好的書籍，送到客戶手中。

有一天，這年輕人被老闆指派，送四、五十捆的書，到一所大學的七樓辦公室。當這年輕人將書載往該大學後，將四、五十捆的書卸了下來，搬到電梯旁，準備用電梯載送到七樓。可是，這時一名五十多歲的警衛走過來，大聲斥喝說：「不准搭電梯！那電梯是給教授、老師搭的，其他人都不准搭電梯！」

這年輕人聽了嚇一跳，連忙澄清說：「我不是學生，我是來送書的。這些書，都是七樓教授訂的，我幫他送過來……」年輕人一邊擦汗、一邊說著。

可是，警衛還是一臉無情地說：「不行就是不行！上面有規定，電梯只給教授、老師搭，你不是教授、不是老師，就不能搭電梯，只能走樓梯！」

天哪，哪有這麼不合理的規定？這年輕人聽了，氣死了！心想，要徒手搬這四、五十捆書，走樓梯到七樓，來回可能要二十多趟，走完之後人就累死了。我要接受這麼不合理的對待嗎？不，這警衛太刁難人了，我絕不接受！於是，這年輕人乾脆把這四、五十捆的書，堆放在大廳角落，不顧一切就走人了！

後來，這年輕人打電話給老闆，說明事情的經過；同時，他也向老闆辭職：「對不起，老闆，我不想再當業務員了，我要好好唸書，要考一所好大學，我不要再讓人瞧不起了！」

掛完電話，這年輕人馬上到書局，買了許多考大學用的教材和參考書，每天閉門苦讀；他含淚發誓——「我一定要考上好大學，我一定要做個有成就的人……」每當他想偷懶時，他就想起「警衛不讓他搭電梯」、「被羞辱、被歧視」的那一幕！他，沒有退路，他只能懷著悲憤的心，往前衝刺。

後來，這年輕人考上了一所大學的醫學院，也非常用功地唸書；如今，二十年過去了，他已經是一家知名醫院的醫生了！

可是，回首一看，他一輩子的「恩人」和「貴人」是誰呢？豈不是那名態度蠻橫、不講情面、無情無義的警衛？要不是警衛的無理刁難，這年輕人怎會感受到屈辱，而決心奮發圖強，也讓自己的生命放手一搏？**如今，他成為醫生了，他最要感謝的人，就是那名「歧視他、拒絕他、刁難他」的警衛啊！**

也曾有一名研究所畢業的男生，在一家私人公司服務，可是老闆很嚴格，要求很多的業績；每當業績下滑，就會被叫去訓話。同時，老闆經常要求員工加班，幾乎要榨乾員工的精力和時間。

後來，這男生就準備考「高考」，希望能轉個跑道、當公職人員。不過，當老闆知道這件事後，又把他叫去「喝咖啡」，冷冷地對他說：「我知道你很優秀，可是高考的缺很少，你還是認份一點吧，別猜想你能考上，別再浪費時間了……」

聽到老闆這些話的羞辱，這男生氣憤難消！真是太刻薄、太瞧不起人了！於是，這男生打起精神，決心為自己爭一口氣──「我非得考上高考不可！我一定要讓你對我刮目相看！」

高考放榜後，這男生幸運地吊車尾考上了。當他向老闆辭職時，老闆依然冷冷地說：「你真是好狗運，竟然被你矇上了！」可是，不管這是不是「好狗運」，人都必須肯努力、有實力，才會有好運降臨！因為，**「努力愈多，好運愈多啊！」**

心靈小啟示

有句話說：「叫豬叫狗，不如自己走！」

人生路，就是要勇敢地自己走、自己實踐，才能有漂亮的成績。

在我們一生中，若沒有別人的嘲諷、歧視和刁難，可能我們都還在「舒適圈」裡，原地踏步。可是，就是有一些人，對我們不合理、對我們過份地刻薄，才會激發起我們「不願受辱」、「不甘被鄙視」的心，而痛下決定，一定要出人頭地、一定要讓那些看不起我們的人，跌破眼鏡！

所以，我們要謝謝那些「扯我們後腿的人」，以及「瞧不起我們、對我們刻薄的人」！因為，他們都是激發我們奮鬥向上、不屈不撓、堅定向前的「貴人」啊！

練習說故事

在說故事時，主講者就是主角，他必須像個演員一樣，會演簡單的戲。就像這篇故事中，提到年輕人搬四、五十捆的書，很重、很累、滿頭大汗，甚至腰挺不起來……這些劇情，都需要由主講人，模仿一些簡單的動作，讓故事更生動。

同時，「聲音的掌握」也是很重要，譬如：「不準搭電梯，那是給教授、老師搭的，其他人都不准搭！」在講這些台詞時，主講人的聲音一定要很兇、很大聲、很斥怒——「不行就是不行……你不是教授、不是老師，就不能搭電梯，只能走樓梯！」

這些聲音的表情，一定要給聽眾感到——「警衛很無理、很刁難、很變態！」

或是，像第二則故事中的老闆，講話時，要一副小人當道的模樣，冷冷地說：「我知道你很優秀，可是高考的缺很少，你還是認份一點吧，別猜想你能考上，別再浪費時間了……」**講這些話時，一定要用尖酸、刻薄的口吻和表情來說，讓聽者**

聽了，恨得牙癢癢的，好想一拳給他捶下去！

同時，主講者的「眼光」，也是必須注意的重點。

講故事的人，眼光不能只「定睛」在某一處。主講人的眼睛，必須環顧現場所有人，包括左邊、右邊、前面、後面的人，都必須用你的眼神和他們「相會」。

也就是說，主講人的眼睛，必須用心看到每個聽眾，讓每個角落的人，都有感覺到——「主講人是用心在對我說話！」

講故事時的「眼神交會」，會讓聽者產生情感，進而拉近「聽、講」雙方的距離，也加深彼此之間的感情。

成功不是靠夢想，是靠實踐

「冷靜、沉著」面對各種突發狀況

麥可．喬丹在比賽前一晚，
突然發燒、生病了，
對手球迷知道後，
故意在半夜發動「吵鬧奇襲」，
用喇叭聲、音樂聲來吵他，
讓他在半夜「被吵死」，睡不著、失眠……

大家都熟知的超級籃球大帝麥可・喬丹（Michael Jordan），被喻為「史上最偉大的籃球員」，因為他的籃球球技，已經到了出神入化、無人能及的地步了。

麥可・喬丹身高一百九十八公分，在職業籃球場上，並不算是非常高頭大馬的球員，但是，他在NBA的職籃賽中卻揚名立萬，因為他曾帶領美國芝加哥公牛隊，拿下「六枚冠軍戒指」、五次榮獲「最有價值球員」，也在十個賽季中得到「得分王」的頭銜；同時，他也多次拿到「最佳防守球員」、「年度抄截王」、總冠軍賽「最有價值球員」……等等一大堆榮譽。

喬丹生長在一個貧窮的家庭，父親空軍退役，搬家到北卡羅萊納州居住，也在家中空地，做了一個籃球架，讓幾個兒子可以玩「鬥牛」，來鍛鍊身體。

在高中時，喬丹想打籃球，但校隊名單中卻沒有他，所以喬丹感到十分沮喪；不過，他仍用心地練球，第二年終於可以加入校隊。雖然後來校隊名單中有他，但當時他只有一百七十八公分，只是隨隊出征、當個球隊的「服務生」，坐在冷板凳上，隨時為隊友遞毛巾、拿開水，並在場邊高聲吶喊加油。

當然，這是個成長過程。喬丹不服輸的個性，不斷地咬著牙苦練、再苦練；最後，他終於得到上場的機會，也逐漸地，成為校隊中的大將。**當他在唸北卡大學時，曾當選為全美最佳大學球員，後來也曾經入選為洛杉磯奧運會美國男籃代表隊，為美國奪得奧運籃球金牌。**

在NBA籃球賽中，球隊必須在各個城市巡迴征戰，所以有時是在自己的城市打球，這俗稱「主場」；可是，如果到其他球隊的球場打球，就俗稱為「客場」。

一般來說，在「主場」打球，佔著「地利人和」之利，觀眾會齊聲吶喊，嘶吼地為自己球隊加油！而且，因對自己的球場很熟悉，所以打起球來，就較為順暢。可是，如果到外地「客場」打球，就是客人，常會引來球迷故意騷擾的噓聲、叫囂聲、吵鬧聲；同時，也因對客場的球場不太熟悉，球框的彈性各不相同，所以打起球來，就不那麼順手，命中率、得分率也就會降低。

不過，喬丹這位「籃球之神」不管在哪裡比賽，常都拿下「得分王」，為什麼？根據球隊教練透露：**喬丹不管到哪個外地客場比賽時，他都會提早到球場，練習投籃「五百次」。這「五百次」，不是隨便投的喲！「五百次」是指——「在各種不同的角度投進五百次！」這，就是「自我要求」，也是「自我嚴律」。**

想想，一個球員能在每一個球場上逼迫自己「投進籃框五百次」，相信他不成為籃球明星也難。

有一次，喬丹隨著公牛隊到鹽湖城，挑戰勁敵爵士隊，以爭取NBA總冠軍的獎盃；可是，前一晚喬丹住進飯店時，感冒、高燒到三十八度，身體很不舒服。後來，爵士隊的球迷知道喬丹發燒、生病了，就故意在半夜時，發動「吵鬧奇襲」——無數的爵士隊球迷，在半夜故意跑到喬丹下榻的飯店外面，用喇叭聲、音樂聲、鍋盤聲……用任何可以發出噪音的器具，來吵喬丹，讓他在半夜「被吵死」，睡不著、失眠，也使他在隔天的球賽中精神不濟、體力不支、精神衰弱，而表現失常。

可是，即使喬丹當天被吵得睡不著覺，但隔天的最後一場殊死戰，他依然抱病上場，帶領公牛隊精神抖擻地打敗爵士隊，而以六戰四勝的戰績，拿下一九九六年NBA職籃賽的總冠軍。

對於麥克．喬丹的傑出表現，全世界的籃球界人士，莫不對他豎起大拇指。有人說：**「即使上帝穿上球衣，也攔不住麥可．喬丹。」**

也有人說：**「喬丹是身穿二十三號球衣的上帝本人。」**

而前美國總統柯林頓也曾說：**「我想說的是，麥可．喬丹這位飛人，所帶給我們的，甚至遠遠超越了上帝……」**

心靈小啟示

其實，麥可．喬丹在成名之前，也遭遇過許多挫折！

在高中校隊的名單中，沒有他的名字；在NBA球員選秀中，他也不是最被看

23

好的，只是第三名。可是，喬丹仍不氣餒，而專心、努力地練球，以上帝給予他的優異體能，加上百分之兩百的後天努力，才能越挫越勇、脫穎而出，最後成為全世界威名遠揚的「籃球之神」！

他的成功，絕不能說是僥倖啊！

麥可．喬丹說：**「我可以接受失敗，但我無法接受什麼都不做！」**

的確，一個人如果「只會說」，而「不去做」，也不改變、不苦練、不突破，那麼，生命就會原地踏步，最後就像一個「過期、發霉的蛋糕」，沒有人想看它、吃它。

所以，一個人的成功，不是靠「夢想」，而是靠「實踐」！我們每個人都要**「創造自己生命的舞台」，讓自己盡情地演出，甚至發光、發熱，也讓自己的一生，痛快地「享受美麗生命的舞台」**！

在面對聽眾說故事時，你永遠不知道會有什麼情況發生，所以必須沉著面對。

有一次，我在面對三百多人演講、說故事時，突然停電了，現場變成漆黑一片。怎麼辦呢？——「不要急、不要慌，事情總是可以解決的！」

聽眾中，有人心裡不安，但，沒關係，主辦單位趕快看看問題出在哪裡？找不到原因，也不要緊張，牆壁上還有臨時的小照明燈，而且，還可以去找「蠟燭」來啊！

您知道嗎，那天晚上，我從講台上走到群眾之中，沒麥克風，獨自站在一椅子上，聽眾圍坐在我四周，聽我講故事。哈，這真是太棒了，您曾經歷這種溫馨、美麗的畫面嗎？我的旁邊，是兩支蠟燭和三百多人，我也摸黑、用心地說著故事。

所以，**說故事時的場景和狀況，千變萬化，說故事的人要主動去化解；**而且，還會有一種情況，就是——「有些聽眾可能會突然離席」，唉，真煞風景，對不對？

怎麼辦呢？你或許可以「改個心念」，想想：「他們是有要緊的事要去辦！」「他們可能尿急，必須立刻出去一下。」「他們可能突然肚子痛，需要方便一下」……總之，說故事的人，**不要被有人離席而搞得心慌、難過、焦慮**，或心想：「完了、完了，是不是我故事說得不好，人家不想聽了？」

讓自己心慌、心情受影響，故事就會愈講愈糟、愈沒自信。

所以，**趕快換個心情，轉頭看看那些對你有善意、微笑、猛點頭的人，讓自己的心情沉澱下來，專注在你自己的故事情節裡！**

光坐著哭，是沒有用的！

用「喜樂的心」，面對所有的觀眾

「速度，使人盲目。」
「心魔，比病魔更可怕。」
我們都要腳踏實地，
認真學習自己的專業知識，
讓別人「忘記我們的缺陷」，
而看見我們耀眼的表現！

假如，我們失去了雙腳，不能走路，一定會很沮喪、挫敗！

假如，我們雙手中的其中一手，又被截肢，那一定會更痛苦！

有時，生命是極度無情的。噩運，何時會結束，無人知道。

但，當噩運來臨時，人，無法反抗，只能默默承受；但，也可以伺機再為自己找回公道，找尋生命的新契機。

凱莉．林，是生長在美國密西根州底特律的亞裔女子，從小就由失明、看不見的媽媽一手扶養長大。在凱莉八歲時，因細菌病毒，造成她突然休克，引起腦膜炎，而被醫生截去雙腿和右手。凱莉的四肢中，只剩下左手；可是，她的左手中的三指指尖，也遭醫生切除。

天哪，一個人的四肢，只剩下左手的兩隻手指是正常的，那……那她怎麼生活啊？的確，凱莉活得很痛苦，她纏綿病榻，整天躺在床上接受治療，哪裡都不能去。她，好煎熬、好想自殺哦！

在醫生診斷出凱莉罹患腦膜炎時，曾經說，她的存活率不到一成五。不過，凱莉在被截肢、也躺在床上五個月之後，勇敢地告訴自己——**「我不能再哀聲歎氣、自怨自艾了，我要重新振作起來！雖然我只剩下左手，但我一定還可以做些有意義的事！」**

於是，凱莉擦乾眼淚、揮別挫折和打擊，她重新回到學校唸書。凱莉原本是用右手寫字，如今，右手沒有了，她被迫改用左手寫字、用左手做事。

您知道嗎，經過多年後，凱莉於二〇〇七年六月，從加州大學洛杉磯分校（UCLA）醫學院畢業，而且，已經進入UCLA醫學中心當小兒科醫生。

我的媽呀，只有一支兩指的左手，如何當醫生呢？

對，這就是凱莉令人不可思議的地方。她念「UCLA」，是個大名校耶！我曾經去那個學校參觀過，好漂亮哦！偌大的校園，我只能羨慕、興嘆，我的成績，是進不了這個名校的。

可是，凱莉憑著信心和勇氣，克服一切困難，讓自己打敗「噩運之神」，而開創生命的奇蹟。

凱莉說：**「我痛恨失敗，我不要有根深蒂固的偷懶天性！」**

平常，凱莉穿上「義肢」，用義肢走路，但是，她不用義手；當她為病患看診，或輸血、打針時，用僅存的左手就可以搞定一切。同時，凱莉也很喜歡游泳；在游泳池畔，她脫下「兩腳義肢」，獨自像魚兒一樣，在水中自由自在地游泳，好棒喔！

現今二十六歲的凱莉說，正因為她自己生過重病，所以她知道，病人生病時，不只是自己一人痛苦，連家人也都很不好過；所以她的問診態度，總是十分親切、和藹，也比其他醫生更有「同理心」。

而凱莉的姊姊，名叫奈莉，也很傑出，擔任律師。奈莉告訴記者說：「我們的家族哲學是——**光是坐著哭，是一點用處都沒有的。我們必須繼續前進，做其他家庭該做的事。」**

的確，家中只有失明的單親媽媽，自己生病時、挫敗時，不能只是坐著哭，自己還是要站起來，繼續前進；即使沒有雙腳，也是要如此啊！

如今，凱莉從住院醫生做起，以小兒過敏與傳染病為專攻的專科領域。她的老師克森說：「凱莉身上散發著專業、自信、幹練的光芒，讓人一點都不用擔心。剛開始時，你還會注意到她沒有手，但五分鐘過後，她的優遊自得、遊刃有餘，讓你無從懷疑她的醫學專業……」

真的，**一個人的專業、自信，與認真的態度，就會讓人忘記他的殘缺啊！**

心靈小啟示

有一次，我到救國團演講，主持人在開場白中說：「戴老師在書上說——**『三日不讀書，就像一隻豬。』**現在我再加一句——**『三日不學習，腦袋舉白旗。』**」

是的，我們即使遭遇病痛、挫折，也都要繼續學習，不要讓自己停止成長。因為，勇敢學習新知識，就是自我成長的第一步。

有人說：**「爭氣的人，希望努力出頭天；不爭氣的人，希望一飛沖天。」**

在現今的社會，大家都想一夕成名、快速致富，卻不知道——**「速度，使人盲目。」**我們每一個人都要腳踏實地，認真學習自己的專業知識，讓別人**「忘記我們的缺陷，而看見我們耀眼的表現！」**

其實，**「心魔」比「病魔」更可怕！**

有時，**「病魔」可以被驅離、被藥除；但「心魔」一發，難以收拾，除非我們自己先戰勝心魔、奮力自強、勇敢向前！**

練習說故事

在說故事中，有時面對的是少數人，有時面對的是多數人，所以，聽眾的組成也是「多而雜」的。在聽眾之中，有些是有欣賞能力的、有禮貌的；有些是直言不諱、不受拘束的；有些是內向的、安靜的；有些則是外向的、尖銳的、挑剔的。同時，也有人是友善的、微笑以對的；有人則是木訥的、不苟言笑，甚至是冷酷的……

聽故事的人形形色色，說故事的人，如何去讓每個聽眾都滿意呢？很難！但是，說故事的人還是必須用最活潑、最熱情的心，來展現自己的風格——「成為自己的樣式」——用你的眼神、表情、手勢、聲音、肢體動作，來塑造氣氛，來融入故事的劇情裡。

可是，有時你會看到有些聽眾的臉，是冷漠的、是憂鬱的，或是面無表情，也有似乎不太友善的……天啦，怎麼這樣？此時，趕快「放開自己心情」，因為，聽眾也是人，你完全不知道他在想什麼，他也許腳痛、或香港腳癢；也可能他肚子消化不良，或是，他不是不喜歡聽，他只是天生表情不擅微笑而已。

請記得，說故事的人的心情，不要被聽眾憂鬱、冷漠的表情給破壞了！

你知道嗎，我曾遇見一中年男士，聽故事時，臉部完全沒表情，看起來似乎還有一點敵意；可是，結束後，在簽書會中，他特別走過來對我說：「戴老師，你講得太好了，我真的很感動！你所有三十本的書，我想全部都買下……也請您到我們公司來演講！」

原來，他是個老闆，**他只是不習慣用微笑面對台上說故事的人，其實，他很專注、用心聽，是我誤會他了！**

所以，聽眾之中，絕大部分、百分之九十九都是可愛的、友善的，我們說故事的人，必須用「喜樂的心」面對他們；因為，畢竟他們已經來了，而且已坐在這裡聽了，我們都要謝謝他們，也用故事帶給他們更多快樂和鼓勵！

國家圖書館出版品預行編目資料

說故事高手 / 戴晨志著--初版.--臺北縣　新店市：
晨星,2007,10
面; 公分，（戴晨志；01）
ISBN 978-986-177-156-4（平裝）
1.說故事

811.9　　96016309

戴晨志01

說故事高手

作者　戴晨志
編輯　葉慧蓁
美術編輯　林夢婷
插畫　林慧珊
校對　戴晨志、廖慧娟

發行人　陳銘民
發行所　晨星出版有限公司台北編輯室
臺北縣新店市231北新路3段82號11F之4
TEL：(02)89147114、89146694 FAX：(02)29106348
E-mail: service-taipei@morningstar.com.tw
http://www.morningstar.com.tw
行政院新聞局局版台業字第2500號
法律顧問　甘龍強律師
承製　知己圖書股份有限公司　TEL：(04)23581803
初版　西元2007年10月

總經銷　知己圖書股份有限公司
郵政劃撥：15060393
（台北公司）臺北市106羅斯福路二段95號4F之3
TEL：(02)23672044　FAX：(02)23635741
（台中公司）台中市407工業區30路1號
TEL：(04)23595819　FAX：(04)23597123

定價 250 元
Published by Morning Star Publishing Inc.
Printed in Taiwan
（缺頁或破損的書，請寄回更換）
ISBN 978-986-177-156-4

The power rich your life